相続レストラン

城山真一

角川文庫
21989

イノシシに襲われ男性2名死亡（H日報ニュース）

11月20日午前6時30分ごろ、石川県金沢市南森本町《かなざわしみなみもりもとまち》の森本すみれ公民館近くで、男性2人が野生のイノシシに襲われ、病院に搬送されたが死亡した。

目撃者の証言〈ウォーキングをしていた高齢の男性が急に襲われて、そのあと少し離れたところで自転車に乗っていた大柄な男性が襲われたんです。いやあ、怖かった〉

県警金沢東署によると、亡くなったのは、江田島孫六《えだじままごろく》さん（81）＝金沢市南森本町＝と自営業の朝井次郎《あさいじろう》さん（68）＝同市東山《ひがしやま》一丁目＝。2人に面識はないという。

江田島さんの死因は全身打撲。朝井さんの死因は左足をかまれたことによる失血死だった。現場は通勤通学に利用される道路で、周辺は一時騒然となり県警が警備にあたった。2人を襲ったイノシシは見つかっておらず、県警は周辺住民に注意するよう呼び掛けている。

江田島さんは元県議会議員で議員を5期務めて県議会議長も歴任した。朝井さんは不登校の児童生徒やひきこもりの若者の支援に取り組んでいた。

1

そのレストランは、金沢市中心部に位置する小高い山、卯辰山《うたつやま》の中腹にある。

眼下には、通称〝女川〟と呼ばれる浅野川《あさのがわ》が曲線を描きながらゆったりと流れ、すぐ隣の観光名所、ひがし茶屋街は、日々、観光客でにぎわっている。

レストランの名前は、グリル・ド・テリハ。

テリハというのは、この店のオーナーの名前であり、泉鏡花《いずみきょうか》の文学作品にも由来する。

師走《しわす》まで一週間を切っていた。

レストランのウェイター、冬木数人《ふゆきかずと》は、店の外に出て卯辰山を見上げていた。

湿度を含んだ朝の空気は、頬にしっとりと冷たかった。紅葉はピークを過ぎ、山は灰色の空に同化するかのごとく、徐々にその色を失いつつある。

駐車場には、〝野菜売り〟の軽トラが停まっていた。料理人の白石風雅《しらいしふうが》が、軽トラの荷台で野菜を手に取って、気に入ったものを選んでは、かごに移している。

冬木も荷台に近づいた。年下の料理人、風雅がどんな野菜を選んでいるのか興味があった。

服役中は炊事係で料理を学び、食材の知識にも詳しくなった。このレストランで働く際も、料理人希望だった。しかし、希望はかなわず、ウェイターとして採用された。今でも不向きな仕事だと思っているが、あることが理由で冬木の評判は悪くなかった。

「風ちゃん。これなんかどう？　いい顔してるだろ」

風雅とさして歳の変わらない若い野菜売りの男性があごで示したのは、短くてやけに太い不格好な大根だった。

「――源助《げんすけ》」と風雅がつぶやく。

源助は、蕎麦《そば》屋の名前でも時代劇の登場人物でもない。加賀《かが》野菜のひとつ、源助だいこんのことである。

大根に触れていた風雅がうなずいた。「全部もらうよ」

「まいど」

この野菜売りは加賀野菜を多く仕入れてくる。そこが風雅も気に入っているらしい。

「冬木さん、手伝って」

冬木は大根が詰め込まれた箱を抱え上げた。歳は冬木がひとまわり以上、上。だが、風雅は店の先輩だ。

野菜売りが「また来るわ」といって車に乗り込んだ。

車が走り出すと、ひらひらと木の葉が一枚降ってきた。

ふと空を見上げた。あのころは、濃い緑が空を覆っていたのに……。

テリハで働き始めて、もう三か月が過ぎていた。

従業員は三名。冬木は四十二歳。先輩従業員のハナ、こと花山実《はなやまみのる》は三十五歳、クールな料理人の風雅は二十八歳とちょうど七つ違いだ。

ハナと風雅は、二年前にこの店がオープンしたときからの従業員である。

勤務初日、冬木は二人を花山さん、白石さんと呼び、敬語を使おうとした。しかし、

――冬木さんが年長なんだから、呼び捨てでいいよ。こっちもため口でいかせてもらうから。

年少の風雅からこういわれ、わずか一日で、ハナ、風雅と呼ぶことになった。しばらくは、なんとなく落ち着かない感じもしたが、最近それもようやく慣れてきた。

大根の入った箱をバックヤードに運んでからフロアに入ると、風雅が厨房《ちゅうぼう》でランチの下ごしらえをしていた。もうしばらくすると、忙しいランチタイムが始まる。

グリル・ド・テリハの昼どき、席はたいてい全部埋まる。平日はビジネス客が比較的多いが、週末は、卯辰山での墓参りや周辺の寺院群で法事を済ませた遺族がよく訪れる。

そんな彼らは店に来ると、相続の話をすることが多い。

おそらく、先祖の墓を参りながら、自分にもお迎えが来る時期はそう遠くはないと思いをはせる。そして、遺産の整理はどうしようか考えるのだ。

ランチタイムが始まった。あるテーブルから相続絡みの話題が聞こえてきた。話して

いるのは、薄くなった白髪をオールバックにした八十前後の男性と、髪を淡いブラウンに染めた年老いた妻だった。

「おまえには預金を、一緒に暮らしているサトシには、家と土地を譲るつもりだ」

「じゃあ、ヒロシには何もあげないの？　二男だから何ももらえないのかって、がっかりするわよ。ヒロシのところは、タカコさんがうるさいし」

「大丈夫だ。ヒロシは俺の生命保険の受取人にしてある。この前、おまえからヒロシに変更しておいた。これで兄弟二人の受け取る財産は、ちょうど半分ずつ。うるさいヒロシの嫁も、文句をいわないだろ」

「そう、なら安心だわ」

「遺産相続で子供たちが争う姿を、あの世から見たくはないからな」

老人が満足そうに笑った。

耳に入って来る話に、冬木は足を止めた。いや、正確にいうなら、足が勝手に止まっていた。

愛想のないウェイターであることは自覚している。

もっと愛想よくしろと照葉《てりは》にもいわれる。そんな冬木が自発的に客に声をかけようかと思うときがある。客の会話から、相続に関する話を耳にしたときだ。話の内容が間違った認識に基づくものだと、訂正して本当のことを教えたくなる。

元税理士のささやかな矜持《きょうじ》なんて立派なものではない。遺産相続で争わずに済むならそれにこしたことはない。その役に立つならと、一言いいたくなるのだ。

だがその一歩がなかなか踏み出せない。照葉から、もっと積極的にといわれるのだが。

トレイを握りしめながら、ためらっていた。視線の先は老夫婦だった。

「冬木さん、なに我慢しているんですか」

後ろから声がした。坊主頭で肉体派、一見いかつい、エプロン姿の男が立っていた。

皿洗い担当のハナである。

「え？　何も我慢してないよ」

「嘘つかなくても、いいですよ。気になるんでしょ」

事実なので反論できない。さすが元刑事。洞察力にたけている。

ハナが、小さな声で「ほら、ゴウッ」と冬木の背中を押す。

あごを引き、背筋を伸ばして、老夫婦のいるテーブルに近づいていく。笑顔を作ろうとしても、ひどくぎこちないのは自覚している。一番苦手なのは、愛想笑いだ。

「あの、ちょっとよろしいでしょうか」

食後のコーヒーを飲んでいた老夫婦が、冬木を見上げた。

「さきほどの話ですが、サトシさんは長男。ヒロシさんは二男。お子さんは、二人兄弟ということでよろしいでしょうか」

「ああ、そうだが」

「さしでがましいようですが、今のままの財産分与をお進めになると、相続の際、ほぼ確実にもめます」

「え？　どういうことだ」夫のほうが怪訝《けげん》そうな顔をした。

冬木は、老夫婦の顔を見渡して、こういった。

「死亡保険金は、相続財産には当たらないことをご存知でしょうか」

夫の顔色が変わった。冬木は、テーブルの老夫婦に説明を始めた——。


死亡保険金は遺産の一部と考えられがちだが、実は遺産ではない。

保険会社から受取人に支払われているものであり、亡き人の遺産には当たらない。受取人がどれだけ多くの保険金を受け取ろうと、遺産には含まれないのである。

「つまり、二男のヒロシさんは、遺産を何も受け取っていないことになります」

「まさか……思いもよらなかった」

「かりに、長男のサトシさんに譲ろうと考えていたご自宅だけが相続財産となりますと、サトシさんと同等にヒロシさんにもご自宅の所有権の半分があります。つかぬことをおうかがいしますが、弟のヒロシさんの奥さんというのは、タカコさんという方で？」

「はい」妻がこたえた。「ちょっとキツい性格の嫁で……。長男夫婦は似た者同士で二人とも優しい性格なんですけど」

「でも、心配ない。兄弟は子供のころからずっと仲がいい」

「それはいささか楽観的ですね」

兄弟で折り合っても、配偶者が、相続の配分に納得しないことはよくある。

「奥さんのタカコさんが、夫であるヒロシさんに、相続のときは、兄のサトシさんと同じ持ち分を主張してと、プレッシャーをかける可能性は大いにあり得ます」

「そういわれると、心配になるな」

「弟さんご夫婦が、保険金はあくまで保険金であり遺産ではない。相続財産は、それはそれとして、きっちり半分欲しい。そういわれたら、お兄さんのほうは拒否できません」

「なら、こうしたらどうか。〝実家を兄のサトシに譲る〟と遺言を残せば」

「それもだめです。法定相続人には、遺留分という権利があります。法定相続分の半分、つまりこの場合は、不動産の四分の一の持ち分を、弟のヒロシさんは遺言があろうとなかろうと、制約なく主張できるのです」

「遺留分？　そんなものがあるなんて知らなかった。難しいんだな、相続って」

「なかでも不動産の相続というのは、もめる原因になることが多いのです」

実際、不動産の共有は、相続ではトラブルの種となりやすい。解決策としては、その場所に住んでいる相続人が、住んでいない人間から共有分の権利を買い取る方法がある。

高額な不動産が遺産の場合、買い取りを求められた相続人が金策に走ることも珍しくない。金の払いが絡めば、相続人の間で感情的なしこりが残るのはいわずもがなだ。

「弱ったなあ」

「お客様。ご心配いりません」

深刻そうな顔をする老夫婦に冬木は穏やかに語りかけた。「今回の場合、解決策がないわけでもありません」

「教えてくれ」老人が冬木にすがるような目を向けた。

「死亡保険金で、うまく解決できます」

「でも、保険金は相続財産にはならないんだろ」

「はい。ですが、やり方次第です。要は順序なんです」

「順序？」

「死亡保険金の受取人を、一緒に住んでいる長男のサトシさんにすればいいのです」

「ちょ、ちょっと待って」

老人の顔が急に朱を帯びる。「サトシに、家も保険金も渡すっていうのか。それだと、なお不公平になって、ケンカになるんじゃないか」

「もちろん、ただ渡してしまうだけなら、ケンカの種になります。そうならないように、長男のサトシさんに、あらかじめ、いい含んでおくのです。おまえには自宅を渡す。死亡保険金はヒロシに渡してくれと。お話によると、サトシさんのほうは夫婦とも物わかりのいい人たちなんですよね」

「まあ、そうだけど」

老夫婦はまだぴんとこない顔をしているので、冬木はさらに丁寧に説明した。

「保険金の受取人が兄だと知った弟は、俺の分はないのかと気落ちするでしょう。しかし兄から、『おまえには遺産がわりに保険金を渡す』といわれたら、喜ぶどころか、感動さえするでしょうし、そうなれば、遺留分の主張もしないと思われます」

「ふうむ、なるほどな」夫が感心して唸《うな》る。

「弟を直接の受取人にするよりも、兄を介在させることで、弟に感謝と納得の気持ちが生まれます。要は、順序なんです。兄から弟に保険金を渡す際も、兄が弟の不動産の持ち分を買い取ったという名目にすれば、贈与税対策にもなります」

老夫婦は、冬木の説明に、心底、感じ入った様子で、大きな声で何度も礼をいった。

ふと気づくと、ほかの客たちの視線が冬木に向いていた。

冬木はトレイで顔を隠すようにしながら、そそくさとテーブルを離れた。

「また店の評判が上がりますね」

冷蔵庫に飲み物を入れていたハナが、顔を上げてにやりと笑う。「最近じゃ、このレストラン、口コミで、相続レストランって呼ばれているらしいですよ」

今日は、ハナに後押しされて冬木のほうから客に声をかけたが、どこで聞いたのか、客のほうから「相続のことなんですけど」と声をかけられることもある。

たいてい基本的な質問なので、その場でこたえて終わりだ。客たちは冬木に感謝して店をあとにする。客の相談に乗り、気持ちよく店を後にしてもらう。悪いことではないが、思いとしては少し複雑だ。

料理に携わる仕事がしたくてレストランで働いている。税理士に戻るつもりはなかった。それなのに、前の仕事の知識を売りにしてウェイターをしているのも事実である。

　午後一時四十五分、ランチの客がほとんどひけたころ、その女性客は現れた。

　歯を食いしばって、肩で息をしている。そんなに腹が減っているのか。しかし、腹をすかせた女性が必死に坂を上ってこのレストランに訪れるなんて姿は今まで見たことはない。

　女は黒っぽいジャケットにパンツ姿。年齢は冬木と同じ、四十代前半くらいだ。

　やや角ばったあごの輪郭と、眼鏡の奥の大きな瞳が、意志の強さをうかがわせている。

　服役前の冬木は、仕事柄、若手の経営者と会うことも少なくなかった。彼らの多くは、ある種、独特の空気をまとっていた。目の前の女が醸し出しているのは、まさにそれだった。

　ただ、楕円《だえん》形の大きめの眼鏡が、きつくなりそうな印象をかなりほぐしてもいた。

　女を席に案内しようとした。

「食事の前にお聞きしたいことが……」

「なんでしょうか」

「ここって照葉さんのお店ですよね」

「そうです」

　照葉の知り合いのようだ。

レストランオーナーの照葉のことは、今もまだよく知らない。

照葉は冬木より年下に見える。しかし、元芸妓《げいぎ》だった経歴や、落ち着いたたたずまいから察するに、実年齢は上ではないかと思う。もちろん、直《じか》に尋ねたことはない。

「今は外出していまして、もうしばらくしたら戻るとは思うのですが」

「あ、ならいいです。実は用事があるのは、照葉さんじゃなくて……」

女は少しだけ周囲をうかがうように見渡してから、「ちょっとお尋ねしたいことがあるんですけど」といった。

「なんでしょうか」

「私、朝井加奈子《あさいかなこ》と申します。このお店、相続関係の相談に乗ってもらえるって本当ですか」

「そうでございます」少しそんな予感はしていた。

「相談料はいらないって聞いたんですけど」

「はい、そのとおりです。レストランのお客様ならどなたでも」

「相談に乗ってくれるのはどなた?」

「僕です」

加奈子が、え? あなたが? と驚いた顔になる。無理もない。レストランのウェイターが相続の相談に乗るなんて信じられないのは当然だろう。

さすがに露骨に冬木を値踏みするような態度はとらなかったが、加奈子は信用してもいいのか迷っている様子だった。こういうとき、冬木から売り込むことはしない。相談したくないなら、それでいい。自分からやりたい仕事でもない。給料は変わらないし、料理の知識が増えるわけでもない。

「もし、悩まれているのなら――」

無理にお話しなさらなくても、といおうとしたときだった。

「あの、お客様」

いつのまにか後ろにハナが立っていた。手もみしているのかと思ったが、そうではなく、エプロンでぬれた手を拭《ふ》いている。

「このウェイターの冬木は元税理士で、相続に関してはプロです。どうぞ、ご安心ください」

ハナはニコッと笑うと、恭しく一礼して厨房《ちゅうぼう》内に戻っていった。

その後ろ姿を見ながら、やっぱりハナのほうがウェイターに向いていると思った。

元々ハナがウェイターだった。冬木が店に来てから、皿洗いや雑用全般に配置換えとなった。坊主頭で一見迫力ある風貌《ふうぼう》だが、たれ目で愛嬌《あいきょう》のある顔をしている。以前は警察官で、生活安全課の刑事だった。本人から聞いた話によれば、人間関係のストレスで心を患い、警官を辞めたという。

「じゃあ、話を聞いてくださる？」

ハナの言葉で安心したのか、加奈子の頬が緩んだ。「あっ、でも……なんだかいい匂いがする」

　加奈子の視線が何かを探すように周囲をさまよった。

「先にお食事をなさいますか」

「はい。そうさせていただきます」

　新たな客はもう来ないだろうから、加奈子を窓際のテーブル席へと案内した。

　窓からは、浅野川とその周辺の風景が一望できる。アングルの中心に梅《うめ》ノ橋、右岸は黒光りする瓦《かわら》屋根が茶屋街を覆い、左岸は石畳風の通りに割烹《かっぽう》や寿司《すし》屋などが軒を連ねている。日中は、稽古《けいこ》先を行き来する若い芸妓の姿を目にすることもある。

「ウェイターさんのおすすめは」

「ホワイトソースピラフです」

「じゃあ、それをお願いします」

　今日、二人目。心のうちで、よかったと思いながら、小さくため息をついた。

　ホワイトソースピラフは、焦げ目がつくほどに焼いたピラフに、生クリームベースのソースをかけたものだ。ソースには、大ぶりのエビとマッシュルームが入っている。

　もともとはまかない丼だったが、冬木の推薦で最近ランチメニューに「昇格」した。ところが、人気の日替わりランチに隠れて注文数は少なかった。ランチメニューに加えることに乗り気ではなかった風雅からは、毎日ソースが余ると嫌味をいわれる始末だった。

人気の出ない理由は冬木もなんとなくわかる。原因はソースだ。おいしくないわけではない。上品で優しい味だが、ほかのメニューと比べてどうしても地味に映るらしい。

ほどなくして、加奈子の前に料理が運ばれた。スプーンを口に運ぶ様子を見る限り、満足している様子である。ただ、食べるのが早い。会社経営者によくある特徴だ。

やがて、加奈子の食事が終わった。皿を片付けて、コーヒーを出しながら加奈子の向かい側に座った。

「改めて自己紹介をします――」

加奈子は、冬木の見立てどおり、実業家だった。金沢市内で若者向けの雑貨店を経営していた。しかも三店舗。雑貨店の名前は冬木も聞いたことがある。

「でも、相続となると全然わからなくて。お店をやっているのに、恥ずかしい話で」

「たいていの方は、相続のことはあまり詳しくありません。どうぞ、気兼ねなく、お話しなさってください」

コーヒーを一口飲んだ加奈子の表情が急に真剣なものに変わった。

「実は、先週、父が亡くなったんです――」

通夜、告別式とつつがなく終わり、ほっとしていたところに、債権回収の代行業者を名乗る人物が現れた。代行業者の話によれば、福井の繊維会社に対する債権が売却され、まわりまわって、現在は、関西方面の会社に渡ったのだという。

「繊維会社は倒産して、社長は夜逃げしているんですが、父は、その社長の連帯保証人になっていたんです。代行業者は、関西の会社の依頼を受けて、債務の支払いを父に求めるために訪れたらしくて――」

悩み相談の客の手前、冬木は平静を保っていたが、内心は、しかめ面の気分だった。相続人たちの知らない負債がみつかる。なかでも、亡き人が誰かの借金の連帯保証人になっていたりすると、葬儀の余韻など軽く吹き飛んでしまうほどの「事件」となる。

「債権回収業の方には、父は亡くなったと伝えました。すると……」加奈子の表情が険しくなった。「亡くなったのなら、相続人に債務を負担してもらうといわれまして」

「債務の金額はおいくらですか」

「六千万円です」

「その回収業者から、連帯保証の契約書の提示はありましたか」

まっとうな話とは限らないこともある。たとえば、詐欺の場合だ。

「契約書を見ましたら、父の自筆の署名と捺印《なついん》がありました」

加奈子がカバンからそのコピーを取り出した。

「債権回収業者は、実在する会社か、たしかめましたか」

「電話帳やホームページを見たりしたんですけど、たしかに実在する債権回収業者でした。明和《めいわ》サービスという社名で」

おそらく詐欺ではない。本題に戻すことにした。

「落胆する必要はありません。六千万円の債務を支払わずに済む方法があります」

「どうすればいいのですか」

「相続放棄をすれば、支払いの義務からは免れられます」

「それはネットで調べたので、知っています」

なら話は早い。

「相続放棄を検討するなら、注意しなくてはいけない点があります。相続の開始があったことを知った日から三か月以内に相続放棄をしなければいけません。三か月を超えると支払う意思があるとみなされます。それと、負債だけではなくすべての資産も放棄することになります」

「あの、ちょっと待ってください」

「何でしょうか」

「父の遺産のなかにどうしても引き継ぎたい財産があるんです」

「それは何でしょうか」

「実家です。このレストランの近く、東山にあります」

「加奈子さんは、その実家にお住みなんですか」

「いいえ。今は空き家です。以前は、母がそこで細々とカフェをしていましたが」

思い出の場所を手放すのが名残惜しいのは、わかる。だが、住んでいない場合、早々に管理が面倒なことに気づき、十中八九、手放すことになる。

しかし、今は、本人の意見を否定する場面ではないので、その話はしなかった。

「相続人は加奈子さんのほかにもいらっしゃいますか」

「母はすでに他界していますが、男の兄弟が二人います」

相続人は子供三名。遺言がなければ、財産分与は三分の一ずつだ。

「失礼ですが、実家のほかにお父様の残された財産などはおありですか」

「これを見てください」

加奈子がバッグからメモを取り出した。

「不動産はどちらも土地だけの金額です。建物が立っていますが、結構古いので」

不動産（実家）　２０００万円
不動産（事業用）　４０００万円
現金預金　３００万円

――合計で六千三百万か。

「事業用とありますが、お父様は、生前、どんなお仕事をなさっていたのですか」

「会社ではないのですが、不登校生徒や若者の自立支援に取り組むための施設を運営していました」

金沢市内の山側のバイパス付近にあるという。

「最近は、入所者がほとんどいない状況で、看取《みと》りケアハウスへの業態転換に向けて準備していました。そんなときに、あんなことがあって」

　加奈子の表情が憂いを帯びた。

「あんなこと、とは」

「事故といえばいいのか、事件といえばいいのか。イノシシに襲われたんです」

「もしかして、先日、南森本で起きた、あれですか」

「そうです」

　そのニュースなら知っていた。事故はここからそう遠くはない場所で起きた。イノシシがレストラン周辺にも出没するのではないかと、ニュースのあと、冬木も心配していた。

「お気の毒です……」と丁寧に頭を下げた。

　冬木は、新聞を読んだときに、ふと気になったことを思い出した。

「お父様が自転車で早朝、あの場所に向かわれたのは、どういうご用件だったのでしょうか」

「私も気になったのですが、わかりませんでした。ただ、元々行動的な性格だったので、どこにいても不思議ではないというのはありましたが」

「そうですか……」

「父のことは、葬儀が終わってそれなりに気持ちの整理もつきました。今は、とにかく、相続をなんとかしないと、と思っています」

　加奈子は真剣な表情だった。遺《のこ》された家族としては、父の突然の死で悲しみに暮れるよりも、急に降ってわいた六千万円の負債のほうが気になるのだろう。

「実家だけを相続する方法があるとネットで見ましたが」

「限定相続ですね。これは相続人全員の承諾が必要です。手続きは煩雑ですし、費用も時間もかかります。これくらいの金額の相続ではおすすめできません」

「そうなんですね。そのあたりのことは全然知りませんでした」

冬木の頭は動き始めていた。相続人は三名。資産は六千三百万円。不動産をふたつとも処分すれば、六千万円の返済は可能だ。残った三百万円を百万円ずつ受け取れば円満に解決するはず。だが、加奈子は実家を残したいと希望している。問題はそこになりそうだ。

「実家を残すとなると、連帯保証の弁済に充てるために、かわりの二千万円をどう工面するか、相続人三人で相談する必要があります」

「実は、今日訪れた相談というのは、その二千万円のことなんです」

金を何とかしてくれ。そんな相談はさすがに受けることはできないが……。

「二千万円が、もしかしたらあるかもしれないんです」

「どういうことですか」

「五年前に母が亡くなったとき、東山の実家にあった母の和ダンスから現金二千万円が見つかったんです」

銀行に預けずに、長く自宅で保管している現金をタンス預金と呼ぶが、タンスに保管しているなんて、まさにタンス預金そのものだ。

「母の残した二千万円は父が相続しました。今回、父が亡くなって遺産の整理をしたところ、いくつか預金口座がみつかったんですが、生活用の口座に三百万円が残っていただけで、あとはどれも残高ゼロでした」

「二千万円はどこにもなかったと？」

「はい。父が使ってしまった可能性もないわけではありません。でも、もしかしたらまだどこかにあるような気がするんです」

　期待する気持ちはわからないでもない。なぜなら、隠し財産は少なからず出てくるものだ。ただし、二千万円が丸々残っているとは限らない。

「こういうとき、どうやって捜したらいいか、教えていただけないかと。この前、照葉さんと話したときに、うちの店の従業員は、隠し財産を見つける名人だとおっしゃっていたのを思い出して」

　思わず、頭を抱えたくなった。たしかに、つい最近、依頼を受けて二十年前の隠し遺産を見つけ出した。だからといって、勝手に名人にしないでほしい。

「お話、わかりました。被相続人が財産を隠す場所は、どのお家《うち》もおおよそ似たようなものです。典型的な隠し場所をお教えいたします。ただその前に、これだけはお伝えしておきます」

「なんでしょうか」

「もし二千万円が見つかったとしても、東山の実家が残せるかどうかは、これまた別問題です。遺産の分割方法については、相続人全員の同意が必要となります」

加奈子がうなずいた。「兄や弟と話し合わなくてはいけないと思っています」

相続人だけではない。さきほどの老夫婦の子供たちがそうだったように、相続人の配偶者が口を出すと、話し合いで、もめる可能性はさらに高まる。

「ご兄弟お二人は結婚なさっていますか」

「兄は独身で、弟は結婚しています」

「失礼ですが、加奈子さんは」

「私は一人です。以前、結婚していましたが」

加奈子は平然とこたえた。離婚歴ありか。らしいといえば、らしい。

そんなことを考えていると、加奈子が「一人になってもう十年になります」と、強がりのような薄い笑みを浮かべた。

しかし、それと同時に、加奈子の瞳《ひとみ》に暗い翳《かげ》がのぞいたように見えた。

なんだ、今のは——。引っかかりを覚えたが、気にするほどのことでもないだろう。

隠し財産のありそうな場所をいくつか伝えて、この相談は終わると頭の片隅で算段した。

「では、どういったところを捜したらいいか、お話しします。よくある場所として、まずあげられるのは——」

そのとき、ベルの音が玄関から聞こえた。

「あら、加奈ちゃん！」

和装の照葉だった。手には買い物かごをぶら下げている。

「久しぶりね！　元気だった？」

照葉は厨房《ちゅうぼう》から出てきたハナに買い物かごを押しつけると、加奈子に駆け寄っていった。普段は、おっとりした雰囲気の照葉だが、まるで女子高校生か大学生のような、はしゃぎようだ。

「ねえ、冬木さん！　私と加奈ちゃんの関係を聞いた？」

「いいえ」

「加奈ちゃんとは、女性実業家のセミナーで知り合ったの。それでね、話をしたら、実家が東山にあるっていうのよ。よくよく話を聞いていたら、そのお家って、私が通っていたお稽古場《けいこば》で、加奈ちゃんのおばあちゃんが私のお師匠さんだったのよ！」

訊《き》いてもいないのに、照葉がしばらくの間、話し続ける。

「お昼はもう食べた？」

「今、いただいたわ。ホワイトソースピラフ、すごくおいしかった」

「なら、よかった」照葉が目を細める。「風ちゃん、おいしかったって」

厨房にいた料理人の風雅は、ちらりと加奈子を見て、どうも、という感じで、かすかに頭を下げた。そんなふとした仕草もさまになる。

「相続のこと、冬木さんにはもう話したのよね。私にも詳しく聞かせて」

加奈子が照葉にひととおり話をした。

「ええっ！　六千万円の連帯保証なんて、それは大変」

照葉が眉《まゆ》を下げて困った顔をする。だが、その表情は悲壮感よりも愛らしさがにじんでいる。

「今から加奈子さんに、隠し財産の捜し方について、レクチャーしますので」

「あら、そんな必要はないわ」照葉が冬木の言葉を遮る。

嫌な予感がして、胸の真ん中が、ざわっと音を立てた。

「冬木さんが先頭に立って捜してあげればいいのよ。加奈ちゃん、安心して。冬木さんが二千万円を見つけてくれるわ」

「ちょっと、照葉さん……」

「実家を残したいって話だって、うまくいくようにしてくれるから」

この前と同じだ——。軽い目眩《めまい》を覚えるも、冬木はなんとかその場に踏みとどまった。

この前というのは、照葉が加奈子に、冬木が隠し財産を見つける名人だと話した件のことだ。

家政婦への相続の遺言が見つかったことに端を発して、隠された資産を捜すことになった。依頼人の要望にこたえることはできたが、冷や汗ものだった。

銀行で不審者と疑われ、刑事にいろいろと訊かれる羽目になり、挙句、仮釈放を取り消されそうになるという危機にも陥った。

客にアドバイスをするのはいいと思う。だが、店を出て、客の手伝いをするというのは度が過ぎている。仮釈放期間がようやく満了したとはいえ、この前のような危険を冒すのはもうごめんだった。

とはいえ、レストランオーナーの照葉の命令には簡単に逆らえない。穏やかで声を荒らげたりすることのない照葉だが、こうと決めたら、簡単に曲げない性格でもある。

なんとか外に出なくてもいい理由を探そうと、思考を巡らせていると、加奈子が「そこまでは、悪いですから」と助け船を出してくれた。

「私たち家族で解決する問題です。ここで冬木さんからアドバイスをいただければ、十分です」

安堵《あんど》した。加奈子が常識人でよかった。しかし、

「冬木さん、ちょっと」

照葉が冬木の手を握って厨房の奥に引っ張っていく。思いのほか強い力なので、冬木はバランスを崩しそうになりながら、あとについていく。

「加奈子さんをどうか助けてあげて。ね」

照葉が少女のような仕草で首をかしげる。

「助けるっていっても、今回の話、さすがに難しいです。加奈子さんだって、そこまではいいっておっしゃってますし」

いつもより語気を強めて、照葉の顔色をうかがう。

連帯保証の額が大きいうえに、二千万円が見つからなければ資産と負債は、ほぼ、とんとんだ。それなのに、処分せずに残したい実家があって、ほかに相続人が二人いる。遺産分割の協議は難航するかもしれない。こんな面倒な話にウェイターの仕事から外れてまで関わる必要があるのだろうか。

「冬木さん」

照葉が冬木をまっすぐ見つめる。「加奈ちゃんから聞いた？　旦那《だんな》さんのこと」

「ええ。十年前に別れたって」

「違うの。旦那さん、亡くなったの」

「えっ」

「しかも、交通事故」

急に視界の周囲が暗くなった。

さきほど加奈子の瞳に感じた引っかかりの理由はこれだったのか――。

冬木の胸に、風が吹いた。氷のような冷たい風がみぞおちに当たる。やがて冷たさは痛みに変わり、痛みは体の芯から全身に伝わっていく。

この風が吹き始めたのは、二年前だった……。

――こちら警察です。冬木数人さんでしょうか。

あのとき俺が……。後悔がわきあがると、痛みはいっそう強くなっていく。

しかし、この痛みからは決して逃れられない。立ち尽くして麻痺《まひ》するまで受け入れるしかない。

もしかしたら、加奈子の胸にも風が吹いているのか。

「レストランのことは、しばらくはいいから。加奈ちゃんに力を貸してあげて」

目の前にいる照葉の言葉がどこか遠くから聞こえてくるように感じられた。

冬木は、加奈子のいるテーブルに戻っていく。もう躊躇《ちゅうちょ》はなかった。

「加奈子さん」

「はい」

「もし、僕でよければ、お手伝いいたします」

冬木が真剣だったせいか、加奈子のほうも断ることなく、

「では、よろしくお願いします」と頭を下げたのだった。

2

テリハのディナータイムは午後六時から始まる。ほの暗い店内に照明がともり、ランチタイムとは店の雰囲気ががらりと変わる。

アラカルトもあるが、夜は、ディナーコースがメインとなる。金額は、この手のレストランでは、手ごろな設定だと冬木は思う。

メニュー表だと、一番高いコースでも五千円。一番安価な三千円のコースでも十分堪《たん》

能《のう》できる。さらに料理の種類も、和、洋、創作と三つある。

とはいえ、ランチタイムとは違い、平日の夜はテーブル席が全部埋まるわけでもない。ウェイターの冬木は、手がすくこともある。そんなときは、〝待ち〟の姿勢をしながら、それとなく厨房に目を向ける。視線の先は風雅だ。

料理人の白石風雅は、切れ長の目にすっと通った鼻筋で中性的な顔立ちをしている。三十手前だが料理の腕は一級だ。しかも和と洋の両方に秀でている。

いずれは料理人になりたい。それが冬木の目標だ。そのためのいいお手本が目の前にいる。若いのに腕は確かな風雅の技術を盗みたいと思って、じっくり観察している。帰宅したあとに、見よう見まねで料理をしてみることもあるが、風雅の味にはほど遠い。盗み見てはいても、今のところ成果はない。

その風雅のまわりにはいつも見えない膜が張っている。ほかの従業員との会話も少ない。カウンターに出す料理の名前しか口にしない日もあるくらいだ。

出入りの酒屋から聞いた話では、風雅は二十歳そこそこで司法書士の試験に合格した秀才だという。

客から相続問題の相談があると、引き受けるのは冬木だが、風雅は聞き耳を立てている。ときに、見えない膜を自ら破り、冬木が気づかないことを教えてくれることもある。そういうときは、淡々とした調子で話す風雅だが、どこか少し照れくさそうにしている。

以前は、司法書士事務所で働いていたこともあるらしい。そんな人間がなぜ料理人をしているのか、理由はわからない。司法書士の仕事から離れる何か大きなきっかけがあったのかもしれない。逮捕されて税理士資格をはく奪された自分のように……。

テーブル席の若いカップルの女性のほうが、「注文をお願いします」と手を挙げていた。冬木は足音を立てないようにしつつも、早足でテーブルに近づく。

「お決まりでしょうか」

「三千円のコースをふたつ」スーツ姿の若い女がピースサインを作る。「創作で」

「かしこまりました。お飲み物はいかがいたしますか」

女のほうが金髪にジャケット姿の男に「どうする？」と訊《き》く。

「俺、ワインとか、よくわかんないんだよな」

男のほうは入店したときからおどおどしている。レストランという特別な場所に場慣れしていないようだ。ジャケットも似合っていない。洋服に着られている感じだ。

「じゃあ、ビールにしよっか」と女が提案した。

「いいっすか」金髪の男のほうが自信なさげな目で冬木を見上げる。

「瓶ビールになりますが、よろしいでしょうか」

「はい」金髪の顔がようやく緩む。

その後も、ぽつぽつと客が訪れた。それなりに忙しかったが、相続の相談はなかった。

夜十時までの営業時間だが、そのあたりは適当である。早い日も遅い日もある。

今日は、午後九時半をまわり、客がいなくなった。

「先に上がってもいいわよ」照葉に声をかけられる。「明日は、お外で仕事だから」

後片付けを済ませて、バックヤードで着替えた。

外に出ると吐く息が白かった。零度近いのかもしれない。その分、星がすっきりと見える。

自宅のアパートまでは歩いて帰る。時間にして十分足らずだ。

坂道を下りていると、あたりが急に暗くなった。振り返ると、レストランの赤い外壁を照らすライトが消えていた。

照葉が電気を消したのだろう。彼女の住まいは、レストランの裏の階段を降りたところにある。この赤レンガの建物は、グリル・ド・テリハがオープンする前は、高級フレンチのレストランだった。前のオーナーシェフが高齢で店をたたむことになり、照葉が店を買い取った。

照葉は、元々、ひがし茶屋街の人気芸妓《げいぎ》だった。普段の照葉は、黒のカフェエプロンをつけて、接客から料理の手伝いまでこなす。誰に接するときも声は柔らかく、菩薩《ぼさつ》のような笑みを浮かべている。白い頭巾《ずきん》でもかぶれば尼に見えなくもない。

――これで役者が揃ったわ。

冬木がレストランで働くことが決まったとき、照葉が漏らした言葉を不意に思い出した。そのときは何気なく聞き流していたが、深い意味があったことは、働き始めてから知った。

勤務初日、若い料理人と肉体派の皿洗いから、どこか普通じゃないものを感じとった。聞けば、料理人は元司法書士で、皿洗いは元刑事だった。

元芸妓がオーナーを務める飲食店というのは、茶屋街界隈《かいわい》ではいくつかある。だが、元司法書士と元刑事が同じ飲食店で偶然働くなんてことは、さすがにありえない。おそらくなんらかの意図があってのものだと思った。

ハナに尋ねると、この人選は照葉の強い希望があったのだという。

——ただのレストランじゃだめだと思うの。何か売りがないとね。

東山界隈は寺院群が近く、卯辰山には大きな墓地もある。照葉は開店前から「相続の相談」を店の売りにしたいと考えていた。

となると、ただの料理人と給仕では当然力不足だ。法律に詳しい人間と調査能力にたけた人間が欲しかった。照葉は芸妓時代のつてをたどって風雅とハナを雇い入れた。

レストランを始めて一年が過ぎた。風雅の絶品料理とハナの愛想の良さで客は集まり、経営は順調だった。しかし、肝心の相続相談は手つかずだった。

相続関係に詳しい風雅は忙しくて客と話す時間が取れない。かりに取れたとしても、愛想のない風雅では不安もあった。

店が緊盛しているのにわざわざ相続を売りにしなくても。ハナから照葉にそう進言したこともあったが、照葉は「それじゃあ、だめなの」と譲らなかった。

店を始めて二年目の夏、仮出所したばかりの冬木が職を求めてレストランを訪れた。

冬木が元税理士で相続について詳しいことがわかると、照葉は喜んだ。それが「これで役者が揃ったわ」という言葉につながった理由だった。


暗い坂道を下りると浅野川が見えてきた。

柔らかい川の流れの音が、冬木にとって一日の終わりを告げる調べでもある。天神橋《てんじん》から浅野川を渡り、左に折れると、城下町らしい古い町並みが広がっている。

明日は、一日、加奈子に付き合って二千万円の行方を捜す。そのことは冬木の意志で決めたようで、実は、照葉の思惑どおりだったのではと思ったりもする。だが、引き受けた以上は、できるかぎりのことをするつもりだった。

川の奏でる音を聞きながら、二千万円のことだけでなく、朝井家の相続財産のことも考えた。加奈子は実家を残したいといっていた。しかし、今は誰も住んでいない家だ。

冬木の経験では、女性は金銭的な価値よりも思い出に執着する傾向が強い。遺産捜しはこれからだが、もし二千万円が見つからなければ、誰も住んでいない実家の処分もやはり視野に入れるべきだろう。

狭い道を川に沿って進んだ。住宅の密集する一角に、古いアパートの影が見えてきた。冬木はその三階に住んでいた。狭いキッチンと六畳一間。トイレはあるが、風呂《ふろ》はない。家に着いたら入浴の道具を持って、銭湯に行くためにふたたび外に出る。

アパートの前で誰かが立っていた。顔のあたりで赤い点が光っている。煙草だろうか。

白いロングコートの女──。その口元から白い煙が舞った。

「元気そうね」

アパートの前の街灯で顔が見えた。

「蜂須《はちす》……」

蜂須京子《きようこ》は、家と家との間に挟まれた細長いアパートを見上げた。

「こんなところに住んでいるのね」

その声は露骨なほど蔑《さげす》んだニュアンスを帯びていた。

「何の用だ」

「元同僚のことが気になって、様子を見に来たの」

京子が口の端をつり上げた。「というのは嘘。偶然、あなたを見たの」

偶然といわれても、信じられなかった。冬木はレストランと近くの古いアパートを行き来するだけの生活だ。

「実は、今、こういう仕事をやっているの」

冬木が警戒していると、京子が薄っぺらい名刺を差し出した。

街灯に名刺が照らされる。『株式会社　明和サービス』

肩書は営業。氏名の下には、丸ゴシックの文字で『債権の回収　承ります』と印字されていた。

不意に、日中のことが頭をかすめた。てっきり男かと思っていた。

「朝井家を訪れた債権回収の業者っていうのは、おまえだったのか」

「そうよ。実はね――」

京子が話し始めた。相続人の一人、加奈子の様子を監視していたら、卯辰山の中腹にあるレストランへ向かった。外から店のなかを眺めていたら、冬木を見つけたという。

「あなたが蝶《ちょう》ネクタイなんてつけて、客に頭を下げているから、びっくりしたわ」

どこか居心地の悪さを感じて、冬木は横を向いた。

「お店の噂も聞いたわ。相続の相談を受けているんだってね」

「たいしたことはしていない。簡単なアドバイスだ」

「今日の様子だと、朝井家の連帯保証の件で、相談を受けてアドバイスしたってわけね」

「まあ、そんなところだ」

「それで、六千万円の返済はうまくいきそうなの？」

「さあな」とはぐらかした。客の情報は漏らさない。この蜂須京子が利害関係人となれば、なおさらだ。

「守秘義務？　まあ、いいわ」

京子が、煙草の煙を勢いよく吐いた。

目の前の顔が消え、過去の記憶が網膜によみがえった――。

冬木と京子は税理士事務所の同僚だった。二人とも企業のコンサルタントや、富裕層の資産運用のアドバイスなどを主な仕事としていた。

京子は上昇志向が強く、ことあるごとに「わたしは雇われの税理士で終わるつもりはない」と口にしていた。

そんな京子が、あるとき税理士事務所を辞めて独立した。

――経営アドバイスに特化して今後はやっていくの。一緒にやらない？

冬木もいずれは独立したいとの思いを漠然と持っていた。しかしまだ人脈も多くない。迷いもあったが、結局、京子の誘いを断った。

断った理由はもうひとつあった。京子のよくない噂だった。同じ事務所にいた頃から、京子の経営アドバイスは、きわどいものが多かった。なかには粉飾決算や脱税ともとられかねない、違法スレスレの会計処理を指南することもあった。

だがそれが京子の売りでもあった。京子は役所がぎりぎり目をつぶる線引きをよく知っていた。それがクライアントからの信頼にもつながっていた。

ただし、そういうクライアントと取引する会社は筋の悪いところが多い。なかには暴力団とのつながりが噂されている会社もいくつかあった。

独立して一年が過ぎた頃、冬木のところへ京子から連絡があった。

――忙しすぎて手が回らないの。少しばかり手伝ってくれないかしら。

冬木が働いている事務所の所長には話を通してあるという。所長が了解しているなら、引き受けてもいいと思った。

だが、それが冬木の人生を一変させるきっかけとなった。

冬木は京子のあっせんで、ある会社の経営コンサルタントを引き受けた。会社名は、ダイヤ商事。介護関係の人材派遣と介護事業に必要な用具の販売を主な事業とする会社だった。

引き受けた最初の月末、帳簿を見た瞬間、冷たいものが背中を通り過ぎた。

経費水増し、架空計上……グレーというよりもほぼ黒といってもいい帳簿の処理をしている会社だった。

冬木は、会社の経理担当役員に、再三、帳簿の訂正を求めた。しかし――。

「蜂須さんは、問題ないっていってましたけどね」

引き受けた以上、すぐにやめるわけにもいかず、一年間だけ面倒を見た。だが、会社の姿勢が変わらないので、冬木のほうから契約解除を申し出て、会社から離れた。

それから、三か月ほどたったある日のことだった。外回りの途中、怪しげな男たちに半ば強引に車に乗せられた。連れて行かれたのはひとけのない空き事務所だった。そこに顔見知りがいた。ダイヤ商事の経理担当役員だった。

「冬木先生。うちの会社、困ったことになりまして」

役員は深刻な顔で話し始めた。最近、抜き打ちで国税局の査察が入った。税務署の調査ではなく、専門官の立ち入りによる査察で、会社は巨額の脱税をしていたことが判明しておおごとになりそうだと。

「我々には脱税の意図なんてなかった。冬木さんの助言に従って会社経営をしただけだ。

だから、冬木さん。あんたから国税局の査察官にそう話してくれ――」

　役員の目的に気づいた。会社を守るために、少し前まで会社の経理に関わっていた冬木をスケープゴートにしようとしているのだ。

　もしも自分が本当に脱税の指南をしていたのなら、国税局でも警察でも出頭する覚悟はある。だが、冬木にはその覚えはなかった。完全な濡《ぬ》れ衣《ぎぬ》だった。

「あんたが責任をかぶってくれれば、会社は助かるんだ。それ相応の謝礼もする」

「俺は関係ない。あんたたちが自分で尻《しり》を拭《ふ》くしかないだろう」

　ヤバイ会社と沈んでいく気などなかった。寒々しい事務所のなかには剣呑《けんのん》な雰囲気の男たちもいたが、冬木に手を出せば警察沙汰《ざた》になるので、何もできないことはわかっていた。

　冬木は強気の姿勢を貫いて事務所を出た。だが一方で、この先どうなるか計算もしていた。会社の役員が何とかしてこちらを巻き込もうとするかもしれない。しばらく身を隠すほうがいいだろうと考えた。

　その日から冬木はホテルに泊まった。その数日後――。

　脳のなかで何かが割れる音がした。

「――ねえ、どうしたの？　ぼうっとして」

　京子の声で我に返った。

「何でもない。疲れているだけだ。じゃあな」

京子が行く手を遮る。「ねえ、こっちの仕事に戻らない？」

一瞬、体内の血が逆流する。

――どの面下げて、いうか。おまえに誘われたせいで……。

怒りと驚きが腹の底から同時に込み上げてくるのをなんとかとどめる。

「ある宗教法人から、経理に強い人間を紹介してくれと頼まれたの」

京子は冬木の様子を気にすることもなく話し続ける。

「レストランの給料とは、比べものにならないコンサルタント料が入るわ」

「おまえが持ってくる仕事だ。どうせ、まともなもんじゃないだろ。それにな、俺は今の仕事に満足しているんだ」

「なら、いいわ。それはそうと、彬《あきら》君とは会っているの？　こんなところに住んでいるってことは、一緒に暮らしていないってことよね」

「おまえには関係ない」

「それもそうね」

「……いや、関係なくもないか」

冬木は反撃に出た。「おまえは、誠子《せいこ》の親友だったからな」

それまで余裕のあった京子の表情がわずかに強張《こわば》った。

「そのくせ、葬儀にもこなかった。いや、来れなかったんだろ」

京子はその問いにはこたえず、煙を吐くと、吸い殻を携帯灰皿に入れた。

「六千万円の件、なるべく時間をかけずに終わらせたいの。クライアントもそれを望んでいるから」

「今は、回収が本業か。コンサルの仕事はしていないのか」

「そっちもやってるわよ」

「どうせ、怪しい会社ばかり相手にしているんだろ。ちゃんとした会社を選ばないといつか痛い目にあうぞ」

「ご忠告ありがとう」

京子は軽薄そうな笑みを浮かべると、「じゃあね」といって、足早に闇のなかに消えていった。

京子のいなくなった闇をぼんやりと眺めた。煙草の匂いだけが残っている。

——あなた。——パパ。

暗闇のなかから妻と娘のおぼろげな声が聞こえてくる。

その声をかき消すように、別の声も聞こえてくる。

——どうして、ママとお姉ちゃんは死んじゃったの？

息子の彬だった。この声を聞くと、いつも息ができないような苦しさを覚える。

ダイヤ商事の依頼を断ったことと妻と娘の死の因果関係は今もわからない。だが、後悔の念は心に深く刻み込まれた。

——俺がそばにいれば、事故は起きなかったのではないか。

不意に冷たい風が吹いた。

冷気はすぐに痛みに変わり、冬木は胸を押さえて天を仰いだ。

星が見えていたはずの夜空は、いつのまにか真っ暗だった。

3

朝から濃い灰色の雲が空一面を覆っていた。

いつ雨が降り出してもおかしくないが、降らずに一日終わったりすることもある。それが金沢の天気だ。

「施設の名前は、希望の館《やかた》といいます」

冬木は、加奈子の運転する赤いフォルクスワーゲンで、朝井次郎が運営していた施設に向かっていた。場所は金沢市の南東部、田上《たがみ》という山沿いのところだ。

車に乗る前にレストランで加奈子から少し話を聞いた。次郎は妻が亡くなったあと、希望の館に移り住んだ。実家のなかは整理され、貴重品もないという。あとで見ておく必要はあるが、まずは希望の館で二千万円の手がかりがないか調べることにした。

山側環状道路と呼ばれるバイパスを走っていた。このあたりは、近年、ハコ型商業施設が立ち並び、新しい住宅が今も増え続けている。

遠くには、なだらかな山々が広がっている。金沢と富山の県境にある医王山《いおうぜん》だ。

医王山は服役していた加賀刑務所の運動場からもよく見えた。耳の奥で、イチ、ニッ、イチ、ニッと掛け声がよみがえってくる。冬木は塀のなかで一年半、暮らした。

――一年半？　そんなもん、刑のうちにはいらねえ。ションベン刑だ。

服役していた〝ロング〟の受刑者からそういわれたが、冬木にとって一年半は長かった。夏に仮出所して三か月が過ぎたが、刑務所での時間は長い夢だったのではと感じることもある。

車は環状道路を左に折れた。流行のデザインの住宅が並ぶ整然とした生活道路をしばらく進んでいく。

住宅街が途切れて、灰色の建物が急に現れた。「希望の館」の看板が上がっている。構造は三階建てのモルタルづくりだ。飾り気のない直方体の武骨な建物は、一見、社宅のようにも見える。

建物そばの駐車スペースに車を停めて外に出た。土地の広さは、バレーボールのコートが三つ分くらい。敷地の周囲は高いブロック塀に囲まれている。

「希望の館については、銀行からの借り入れはないのですよね」

「建物は十年ほど前に完済したはずです。土地は、このあたりの開発が進む前に、知人から安く購入したと聞いています」

「次郎さんがここで事業を始めたのは、いつごろですか」

「不登校やひきこもりの支援は、かなり前からやっていましたが、希望の館を建てたのは二十年ほど前だったと思います」

話を聞きながら、周囲を見渡した。希望の館の後ろは、雑木林で行き止まりだ。建物の向かい側は、空き地になっている。

その空き地に立て看板が三つ並んでいた。

『私たちは反対します』

『地域の声に耳を傾けろ！』

『看取《みと》りケアハウス　断固反対』

どうやら、業態転換に反対する人たちがいるようだ。

冬木の視線に気づいた加奈子が「このあたりは、若い世帯が多く住んでいますし、これからも新しい家が建つようで。それで反対する方も、なかにはいて」といった。

看取りケアハウスができれば、住宅街を救急車が頻繁に出入りすることになる。亡骸《なきがら》がハウスを出て行くこともある。近隣の住民にしてみれば、気持ちのいいものではない。

「この希望の館は、売却するということでしたよね」

「まだきちんと話し合っていませんが、父がいなければ計画を進めることはできないので、きょうだい三人とも同じ気持ちだと思います」

売却できれば六千万円の債務のうち、四千万円分に充てることができる。

ただ、気になることもあった。加奈子の兄の幸男《ゆきお》だ。車中で聞いた話だと、幸男はここで事務員として働いており、住まいも建物の一室だと聞いた。

「お兄さんはそれでいいとおっしゃっているんですか」

「……はい」

幸男の話になると、加奈子はどこか歯切れが悪い。何か理由でもあるのか。

加奈子が玄関の鍵《かぎ》を開けて、建物のなかに入った。冬木もそのあとに続く。

建物のなかは、外よりも寒く感じた。現状、受け入れている若者はいないので、ひとけもない。

一階の事務室に入った。スチール製の事務机が三つと応接セットがある。机のひとつに写真立てが飾ってあった。若者たちに囲まれて、その中央にひときわ体の大きな男が写っている。

「父です」

「いつの写真ですか」

「二、三年前のです」

とても六十代には見えない。口のまわりには黒々としたひげを蓄えて、白い歯をむき出して笑っている。くっきりとした二重の下の瞳《ひとみ》は写真からでも力が伝わってくる。眉《まゆ》から目のあたりは、加奈子に受け継がれている。

ソファに腰を下ろした。加奈子がお茶の準備をして、冬木に出した。

――なにか、おかしい。

「お兄さんは、いらっしゃらないのですか」

加奈子が一瞬困ったような表情を見せたが、そのあとすぐに、ふうっと息を吐いた。

「冬木さんに隠しても仕方ないですね。兄は希望の館の事務員ということになっていますが、実際のところ仕事はしていません」

「どういうことですか」

「兄は、ひきこもり状態なんです」

加奈子が語り始めた。きっかけは、四年前に兄の幸男が勤める会社で起きた不祥事だという。経理部長が長く不正な経理をして、自らの懐に金を入れていた。告訴される前、地元の新聞が容疑者を匿名にして記事にした。インターネットでは、不正をした経理部長の名前と顔がさらされた。

だが、それは経理部長だけにとどまらなかった。経理部に所属していた幸男の名前と顔もさらされた。

「不正を働いたのは、経理部長なんですよね？」

「兄は、経理部長の指示で不正な経理事務をさせられていました。自分の懐には一円もお金を入れていなかったようですが」

不正経理は経理部長だけでは実行できない。実行部隊が必要となる。おとなしい性格の幸男は、無理やりその役割を担わされた。

後日、会社は、経理部長のみを告訴し、経理部長は逮捕された。

最近は、ネットにさらされた個人情報は、ウェブの管理会社が自主的に削除するが、当時、まだそんな自主ルールはなかった。消えない傷跡のように、幸男の名前と顔がウェブ上に残った。

「ネットでは、兄の容姿のことが話題になって、盛り上がったんです」

幸男の鼻は、他人よりも少しだけ大きかった。そのことは、小さいころからのコンプレックスだったが、大人になって他人から指摘されることもなくなった。

ところが、ネットで顔と名前をさらされてから、鼻が大きいとたびたび書かれた。

元々、神経の細い性格だった幸男は、出社できなくなった。しばらくして会社を辞め、ずっとひきこもるようになり、今日まで三年が経過した。

冬木は別段、驚かなかった。ふとしたことがきっかけで、成人男性が長くひきこもりになってしまうというのは、実際によくある。税理士時代、冬木が担当していた会社でも、社長の息子がひきこもりで、一緒に住んでいながら十年以上、顔を見たことがないという話だった。

幸男は、施設で生活する父の前では、顔をさらすこともあったらしいが、ここ数年、父以外の人間とは会っていなかった。

「幸男さんは、今もこの施設にいるんですよね」

「はい。三階の一室に住んでいます」

食事は、深夜に一人でコンビニに買い物に出かけて済ませている。シャワーも深夜の時間帯に使っているという。

「父がイノシシに襲われて病院に運ばれたときに久しぶりに兄を見たんですが、ベースボールキャップを目深にかぶって、大きなマスクで顔を隠していました。体形も変わってしまって、今はすごく太っていて」

「次郎さんの葬儀に、幸男さんは出席できたのですか」

妹や弟にさえ姿を見せないようにしているなら、他人の前などは、到底無理だろう。しかし長男は、喪主を務めなくてはいけない。どうしたのだろうか。

「このことも、話しておいたほうがいいですよね」

加奈子は、またも長い息を漏らした。

「私は、二男の圭吾《けいご》でもいいのではないかと思ったんです。しかし、うるさい親せき筋もいます。それで……」

通夜の前日、加奈子と弟の圭吾は、幸男の部屋の前で、ドア越しに語りかけた。

「兄さん、葬儀に出てほしいの」

「……うっ」

「兄さん、葬儀に出なかったら、俺と姉さんがいろいろといわれるじゃない。頼むよ」

「……ひとまえに、でるのは、ちょっと」

「でも、夜中にコンビニに行ったりしているんでしょ」

「それは、しかたなく」

「どうして、そんなに嫌なの」

「かおを、みられたくない」

「父さんの葬儀なのよ」

「……でたくないわけじゃない」

「だったら、コンビニ行くときみたいに、マスクすればいいじゃない。この前、病院だってそうやって行ったじゃない」

「あれだって、ほんとうは……すごくふあんだったんだ。ぜんぶを、かくしきれていないし」

「じゃあ、さあ」

半ばやけくそ気味に、圭吾がドアに向かっていい放った。「頭を全部覆ってしまえばいいじゃん。それなら、不安はなくなるだろ」

「…………」

「もう、いいわ。やめましょ」と加奈子が遮る。「圭吾、こうなったら、あなたが喪主をやって」

「え？　俺が」

「仕方ないでしょ」

「うーん、でもなあ」

「……でるよ」

「えっ」

「おれ、でるから」

急に問題が解決して、加奈子も弟の圭吾もほっとした。兄が喪主をしてくれれば、世間体も保てる。しかし、通夜が行われる日、部屋から出てきた幸男を見た加奈子と圭吾は、幸男を引っ張り出したことを後悔することになる。

通夜の晩、幸男を見た親せきたちは、その姿に唖然《あぜん》とした。

それは、ひどく太った幸男を見て驚いたのではなかった。頭からゴムマスクを被《かぶ》っている、その姿に驚いたのである。

誰にも顔を見られたくない。だけど、葬儀で喪主をしなくてはいけない。

圭吾の言葉をヒントに幸男が思いついたのは、頭全体を覆うマスクを被ることだった。

「その話、冗談ではないですよね」

「普通は、信じられませんよね。これを見てください」

加奈子はスマートフォンを操作して、冬木に差し出した。

「久しぶりに三人で撮った写真です」

喪服の三人が写っていた。加奈子、長身のドレッドヘアが弟の圭吾だろう。そして、なんといっても目を見張ったのは、真ん中のゴムマスクだった。

白というより生成りがかった色をしていた。頭にぴったり密着しており、目、鼻の下部、口の三か所に穴が開いている。

「これって、あれに似てますね。えっと、『犬神家の一族』の……」

「スケキヨです」

「そう、それです。しかし、こんなマスク、実際にあるんですね」

「ネットなんかで売っているらしいです。兄はこういうグッズが好きで、前から持っていたようです」

「それでこの格好で、葬儀に喪主として出たんですか」

「はい。家族葬で、近い親せきしかこなかったのが救いでした」

普通の葬儀で一般の弔問客がいたら、亡き次郎を悼むどころではなかっただろう。

「葬儀のあと、兄はまた、ひきこもりました。長時間、人前に出たので、かなり疲れたのではないかと思います。そういえば、葬儀の時以来、顔を見ていません」

「幸男さんに、六千万円の連帯保証のことは？」

「回収業者から話を聞いたあと、すぐに伝えました。ドア越しでしたが」

「今日は、幸男さんと話はできますか」

「兄の調子が良ければ、ドア越しに話せるかと」

「とりあえず、ご挨拶《あいさつ》をさせてください」

「三階の自室にいますので、ご案内します」

加奈子と一緒に階段を上がっていく。三階の廊下はカーテンが引いてあり薄暗い。

幸男の部屋は三階の一番奥だった。部屋のドアの下の隙間から、光が漏れている。

加奈子がドアをノックする。「兄さん、いる？」

返事はない。耳を澄ますと、パタパタと乾いた音が聞こえる。本をめくるような音だ。音は停まったり、早くなったりと不規則である。何か読んでいるのか。

しばらく待ったが、声は聞こえなかった。

「すみません。調子のよくないときは、返事さえしてくれないので」

「では、また出直しましょう」

冬木たちは一階の事務室に戻った。

「念のための確認ですが、次郎さんの遺言書はなかったんですよね」

「はい。どこにも見当たりませんでした」

次郎は不慮の事故で亡くなった。看取《みと》りケアハウスを開業しようとしていたほどだから、意気軒昂《けんこう》で自分の死を意識していなかっただろうと思われる。おそらく次郎は遺言書を残していない。

まずは、次郎の財産と負債をすべて洗い出し、相続資産がどれだけあるかを確定させる必要がある。二千万円だけではなく、今わかっている以外に負債もないか調べておかなくてはいけない。

冬木の経験からすれば、金額こそ大小あるが、故人しか知らない隠し財産が存在する確率は高い。自宅の発見されにくいところに現金で保管されていたり、家族が誰一人知らない金融機関に預金していたりすることもある。

加奈子はキャビネットや事務机の引き出しから、ファイルを取り出して、応接セットのテーブルに運んだ。

冬木は順々にファイルに目を通して、契約書など債権や債務に関わる書類がないか確かめていったが、これといって気になるものは見つからなかった。

なかに一冊、新聞の切り抜きをスクラップしたファイルがあった。希望の館を取り上げた記事を集めたものだった。

大見出しが目に入った。『地域で存在感　ひきこもり支援』とある。色褪《いろあ》せた、その新聞記事の日付は、十年以上前のものだった。

「次郎さんは、どういうきっかけでこうした活動を？」

「父は理数系の学者を目指して東京の大学に進学したんです。ところが、なぜか劇団に入って、どんどんのめりこんでいって、大学を中退したらしいです」

結局、劇団も辞めて、三十歳になる手前で金沢に戻ってきて、学習塾の講師のアルバイトをしていたのだという。

「そこで不登校の生徒の個別指導を引き受けるようになって、その後、不登校児童や生徒に特化した塾を自分でやり始めたら、軌道に乗ったみたいで。運がよかったのか、たまたま時代の波に乗ることができたんだと思います」

「誰にでもできることじゃありませんよ。資質があったんでしょう」

「どうなんでしょう。たしかに、来るもの拒まずという感じの性格でしたので、周囲にはいつも人がいました。なかには、気弱そうな子供だけでなく、不良っぽい子たちもいましたし」

「いわゆる、ヤンキーとかですか」

「ええ。父自身がお世辞にも行儀がいいタイプの人間ではありませんでしたので、そういう若者とも波長が合ったのかもしれません」

「でも、若者支援をやめて、看取り施設への業態転換を思いたったのですよね」

「子供の数が少なくなって、空き部屋が増えたからだといっていました。看取りがビジネスチャンスになると思ったのでしょう」

看取りは、やり方次第では高齢化時代のビジネスになりうる。マーケティング的な視点で見ても確かだ。

独り暮らしの高齢者が重い病気にかかったとする。そのあと病気が完治しても、自立して生活できなくなることがままある。しかし、今のこの国の制度では、病院にいさせてもらえない。一方で、介護施設への入所の条件も厳しい。いくあてのない高齢者は孤独死を迎えるのを、ただ待つのみとなる。この国のそうした問題を解決するのが、看取り施設の役割というわけである。

「志半ばであんなことになって、次郎さんはさぞかし無念だったでしょうね」

「どうでしょうか」加奈子が自嘲《じちょう》気味に笑った。「あんまり未練とかないかもしれません。後先考えない自由奔放な人でしたから」

冬木は、残り数冊となったファイルをめくったが、気になる書類は出てこなかった。出てこなければ、それはそれでいい。これ以上、何もないという確認にもなる。

最後のファイルを開いた。プリントアウトした電子メールを集めたものだった。

『希望の館を取り壊せ。館の最期を看取ってやる』

『絶対反対です』

『看取りなんて不吉なことはやめろ！　この偽善者』

どれも、立て看板と同じような施設設置に反対する内容のメールだった。ただ、文面は、立て看板よりも辛辣《しんらつ》だった。

「反対の声が上がったのはいつ頃からですか」

「三か月ほど前に、上沼《かみぬま》という男性が現れて、それから反対の声がここへ届くようになりました」

「上沼とはどんな方ですか」

「三十代くらいの男性です。このあたりに家を建てるために土地を買ったあとに、看取り施設設置の計画があると知って、反対の声を上げたようです」

一生モノの買い物でケチがついたという思いがあったのだろう。

「ほかの住民の方は」

「父は、上沼が現れる前に、近所に説明してまわって、理解を得ていたようです。面と向かって反対の意を唱える人もいなかったといっていました。しかし、上沼が現れてから、同調する住民が出てきたようです」

冬木はひとつひとつメールを眺めた。なかには、施設のことには触れず、ただ次郎を誹謗《ひぼう》するようなものもいくつかあった。こうなると、ネットの掲示板で誰かをただ攻撃しているのとほとんど変わらない。

最後のページを開いたところで、ダブルクリップで閉じてあった紙の束が、床に滑り落ちた。ファイルには綴《つづ》ってなかったようだ。

紙の束を拾い上げた。十枚ほどの束だ。その一番上の紙の文面を眺めた。

朝井次郎　様

あなたの秘密を知っています。こちらの要求に応じてください。


一枚めくる。日付は違うが、内容は同じだった。その次も、その次も、日付は違うが内容は同じだった。

「なかには、脅迫めいたものもありますから」と、加奈子はすでに見たことがあるのか、動じることもない。

「例の上沼という急先鋒《きゅうせんぽう》の方からですかね」

「多分、そうでしょう。私も施設の前でたまたま一度だけ会いましたが、粘着質な感じの人でした。身内に市議会議員がいる、どうにでもできるんだとかいって、薄気味悪い笑みを浮かべていました」

書類関係のチェックが全部終わった。次に事務室のなかを調べた。机の引き出しの奥、飾ってある絵の額の裏側なども入念に確認したが、現金や通帳は隠されていなかった。

「ないみたいですね」と加奈子が残念そうな声を出した。

「いいえ、まだです。一番のターゲットを今から見ます」

冬木の視線は、一台のノートパソコンに向いていた。ここを訪れたときから、最後はこれを調べるつもりだった。なぜ最後かというと、プロバイダーとの契約書がみつかれば、そこにパスワードをメモ書きしていることがあるからだ。

しかし、プロバイダーとの契約書は見当たらず、パスワードが書かれたメモもどこにもなかった。

加奈子に断って、パソコンの電源を入れた。表示されたのは、古い型のOSだった。ネットブラウザを起動させると、「お気に入り」には、ネット系の銀行と証券のウェブサイトがひとつずつ登録されていた。

期待どおりの展開に、冬木の気持ちは浮き立った。近年、デジタル遺品というものが増えている。ネット系の銀行や証券の口座に残された金融資産のことだ。ネット系の金融機関は預金通帳を発行していないだけではなく、残高通知もほとんど送付しないので、遺《のこ》された家族はその存在に気づきにくい。

おそらく、次郎はネットの口座を開設しているはず。あとはログインするときのパスワードだ。仮に、パスワードがわからなくても、親族であることを証明する戸籍謄本を用意すれば、残高証明書を発行してくれる。ただし、その場合は、今日というわけにはいかない。それなりの日数を要する。

ログイン用のページを開いた。

「よしっ」と思わず声が出た。パスワードを入力する欄に、黒いまるが並んでいる。パスワードが残っていた。

黒まるの下のログインボタンを押した。あとは残高を確認するだけだ。

冬木は口座残高のバナーをクリックした。

残高はゼロ――。

「何もないようですね」加奈子ががっかりした声でいった。

預金口座の入出金履歴を確かめたが、過去五年間、一度も取引はなかった。

「証券会社の口座のほうも見てみます」

やはりこちらもパスワードが残っており、ログインできた。しかし、ここでも口座に金は残っていなかった。株や投資信託も保有していない。預金口座と同じで動きはなかった。

――どういうことだ？

冬木はこめかみのあたりを指でかいた。もし、二千万円が今もあるとするなら、在処《ありか》はここだろうと予想していた。だが、口座を使った形跡さえなかった。

目論見《もくろみ》が外れた。今度こそ、手詰まりだった。

「二千万円はないということでしょうか」

「使ったという痕跡《こんせき》もないので、なんともいえません」

もしも何か使い道があったのなら、契約書や領収書など、使ってしまったことがわかる何らかの書類があってもおかしくない。だが、それもなかった。

──ほかに何が考えられる？

思考の歯車を思い切り回転させた。こたえはひとつしかなかった。

「まだ見つかっていない預金口座があるのかもしれません。金融機関のノベルティグッズを捜しましょう」

施設内にあるタオルやシャンプー、あとは文房具を調べることにした。現物だけではなく、箱や袋に金融機関のロゴの入ったものがあれば、その金融機関と取引していた可能性が考えられる。

金融機関名の入ったグッズはいくつか見つかったが、どれもすでに口座の存在を把握済みの銀行のものばかりだった。

一階の次郎の居室にも入った。室内は整頓《せいとん》されていた。次郎の部屋は布団と着替えがあるだけで、ノベルティグッズはおろか、書類のたぐいも一切なかった。

壁には大きなコルクボードが二枚張ってあった。左側のボードには、いろいろな写真がピン止めされている。山や川の写真だった。

「父は自然が好きで」

「そのようですね。あ、これは立山《たてやま》ですかね」

際立って美しい写真だった。白い山々が真っ青な空を背景に見事に映えている。

その写真がポストカードであることに気づいた。ボードに貼ってあるのは、どれもポストカードだった。

ある箇所が目についた。ポストカードの一辺が直線ではなく、少し内側に入り込んでいた。よく見ると、ハサミで切ったような跡がある。

冬木はすべてのポストカードをコルクボードから外してじっくりと眺めた。どれも短い一辺をハサミで切ってあった。

「加奈子さん、これは元々カレンダーだったのかもしれません」

「どういうことですか」

「会社のなかには、株主や得意先にきれいな写真の卓上カレンダーを配布するところがあります。その月が終われば、暦部分を切断してポストカードとして使えるものもあるのです。この切断した部分は暦だったと思われます」

写っているのは富山県の立山。もしこの卓上カレンダーを配布していたのが、富山県の銀行や信用金庫だったとしたら——。

「加奈子さん、立山の卓上カレンダーを配布している金融機関を捜してみましょう」

二人は手分けをして、富山県に本店のある金融機関に電話をかけた。

「冬木さん！」加奈子がスマホの通話口を押さえた。「立山のカレンダーを配布している金融機関が見つかりました」

「金沢に最も近い支店がどこか聞いてください」

それは、石川と富山の県境に近いところに位置する小矢部《おやべ》信用金庫の金沢支店だった。

金融機関は大口取引の顧客のところへは、年末のあいさつに必ず訪れる。その際、手土産としてカレンダーを持参する。カレンダーを希望の館に配りに来ていたとしたら、次郎は大口の顧客だった可能性が高い。

「父は小矢部信用金庫に預金をしていたかもしれないということですか」

「可能性はあります。あたってみる価値はあると思います」

「では、その信用金庫へ向かえばいいわけですね。すぐに行きましょう」

「あ、その前に次郎さんの戸籍謄本を役所でとらないといけません」

親族は金融機関の窓口で、戸籍謄本を見せて、相続人であることを証明する必要がある。遺産分割協議の書類としても、あとあと戸籍謄本は必ず必要になる。

「この住宅街の手前に市民センターがありますので、そこへ」

二人はフォルクスワーゲンに乗り込んだ。センターには三分もかからず到着した。

窓口で次郎の戸籍謄本を受けとった加奈子は、謄本を見ながら首を傾げている。

「どうかしましたか」

「兄の名前が、ないんです」

「ちょっと見せていただけますか」

冬木は、加奈子から謄本を受け取った。

たしかに幸男の名前がない。『長女　加奈子』の表記のあとには『長男　圭吾』とある。

「どういうことでしょう。役所のミスか何かでしょうか」

「その可能性は低いと思います。お兄さんは、おいくつですか」

「四十五歳です」

戸籍謄本の次郎と妻の光代《みつよ》との結婚時期は、四十四年前だ。当時は、結婚相手との子供を、入籍前に出産するのは、よほどの事情がないと考えにくい。

謄本にもう一度、目を通す。加奈子の生年月日が目に入った。冬木と同じ四十二歳だった。

「加奈子さん、お手数ですが、もう一度、窓口に行って、今度はお母さんの光代さんの戸籍謄本を取ってきていただけませんか」

「わかりました」

「そのとき、この謄本を示して、こう伝えてください。母の戸籍について、ここにある改製日前のものを取得したい、と」

「わかりました」

加奈子は冬木の指示どおりに、窓口で母親の戸籍謄本を受け取り、冬木に手渡した。

――予想どおりだ。

「これはどういうものなのですか」

「光代さんが結婚する前の戸籍です。光代さんは戸籍の代表者で、戸籍のなかに子として、幸男さんの名前もあります」

冬木は、その箇所を指先でなぞった。

「幸男さんは光代さんの長男として記載されています。しかし、父親のところが空欄です。これはつまり、出産したときに、父親を届け出ていないということです。もしも、次郎さんが父親であれば、ここに名前があったはずです」

「ということは」加奈子の声が一オクターブ上がった。事態を察知したようだ。

「兄は母親の連れ子だったということですか。しかも、母はシングルマザーだったと？」

「そういうことになります」

「でも、兄も朝井姓ですが、こんなことってあるのですか」

「幸男さんは、次郎さんと養子縁組をせず、家庭裁判所に姓の変更の許可だけを取ったのでしょう。なぜそうしたのかまでは、わかりませんが」

「兄が連れ子だったなんて、信じられません」

「幸男さんもこのことは？」

「多分、知らないと思います」

車に戻った。

加奈子は動揺しているのか、茫然《ぼうぜん》としていた。すぐに運転できそうにはない。

「そういえば……両親にプレゼントをしたくて、結婚して何年になるのか聞いたことが何度かあったんですけど、いつもはぐらかされました。こういう事情があったんですね」

冬木は加奈子の気持ちが落ち着くのを待ちながら、予感めいたものを感じていた。消えた二千万円……連れ子だった長男……まだ何かある、これで終わりじゃない。

「もう、大丈夫です」と加奈子がうなずいた。

「いったん希望の館に戻って、このことをお兄さんに伝えますか」

「いいえ」

ハンドルを握る加奈子は、力強く首を振った。その横顔は決然としていた。

「まずは信用金庫へ行きます。二千万円があるかどうかが先です」


田んぼに囲まれた旧国道は空《す》いていた。

「あの、冬木さん」

「なんでしょうか」

「今日はありがとうございます。ここまで親身になって相談に乗ってくださるとは思わなかったので。こんないい方したら、失礼になるかもしれませんが……」

「なんでしょうか」

「冬木さんにとって、相続の相談に乗ることになんのメリットがあるのでしょうか」

「照葉さんには逆らえませんから。なにせ、雇い主ですので」

本当の理由はそうではなかった。加奈子の過去と自分の過去を重ね合わせて考えてしまったというのが大きい。だが、それを加奈子にいうつもりはなかった。いえば、冬木の過去を話さなくてはいけなくなる。

「照葉さんからは、レストランの客を増やすための営業だから、これもれっきとした仕事だっていわれています。ですので、お気になさらず」

「照葉さんらしいといえば、らしいですね」

加奈子もとりあえずは納得したようだ。

信用金庫に到着した。古い鉄筋造りの建物だった。中に入ると、天井の高い店内に職員は三名しかいない。客も一人だけだ。

加奈子は、カウンターで次郎の戸籍謄本と自身の運転免許証を提示し、次郎名義の預金口座があるかどうか調べてほしいと頼んだ。

女性職員は、コンピューター端末を操作し始めた。

「朝井次郎様の口座はございます」

「本当ですか」

冬木の推察どおりだった。

手元に通帳がないので残高証明書を交付してほしいと、加奈子は依頼した。

すると、女性職員が「いいですけど……」といい淀《よど》んだ。

「預金残高はございませんが、それでもよろしいでしょうか」

女性職員は残高証明書を交付すると手数料がかかるので気を遣って教えてくれたのだ

たということか。

ろう。ここも残高ゼロ。この口座は昔使っていたもので、最近はずっと使っていなかっ

――いや、それはない。

冬木は女性職員に尋ねた。「昨年末に配布した、卓上カレンダーは残っていませんか」

「ここにあります」

女性職員が机の端にあった卓上カレンダーを手に取って見せた。

カレンダーの写真は希望の館にあったのと同じものだ。想像するに、卓上カレンダーは昨年末に次郎のもとに届けられた。そのとき次郎は、信用金庫にとって、まだ大事な客だったはず。取引がなかったとは考えにくい。

冬木にいわれて、加奈子が窓口でその旨を告げた。

「加奈子さん。残高証明書ではなく、ここ一年の取引履歴を請求してください」

女性職員が端末でオペレーションを実行する。

プリントアウトされた取引履歴を受け取ると、冬木と加奈子はすぐに視線を走らせた。

「あっ」二人、同時に短い声が出た。

二週間前、二千万円の定期預金が解約され、引き出されていた。やはり、次郎はこの信用金庫の大口の顧客だった。

「定期預金を解約したのは、確かに朝井次郎さん本人でしたか」

冬木はカウンターで身を乗り出して訊《き》いた。冬木の勢いに気圧《けお》された女性職員が、

「ちょっとお待ちください」といって、後方の中年男性のところへ慌てて駆け寄った。

女性職員から話を聞いた中年の男性職員がカウンターに出てきた。

「あのときは、私が窓口で対応いたしました。高額な預金の解約だったので、よく覚えています。免許証で朝井様ご本人だと確認しましたよ」

解約は次郎本人。手続きに問題はなさそうだ。

「使い道は確かめたんですか」

高額の預金の払い出しの際、金融機関は資金使途を訊くことになっている。特殊詐欺に遭っていないかを確認するためだ。

「もちろん、お訊きしたのですが、はぐらかされてしまいまして」

金融機関に強制力はない。客がいわなければ、それで終わりだ。

「朝井さんはお一人でしたか」

「息子さんも一緒にいらっしゃっていました。帽子をかぶって顔に大きなマスクをしていましてね。だから、私もよく覚えています。最初は怪しいと思ったんですけど、朝井様が、これは息子だからとおっしゃっていたので、こちらも安心しました」

4

フォルクスワーゲンは、かなりのスピードで希望の館へと向かっていた。

「冬木さん」

加奈子は、意を決した顔をしている。「もう一度、兄のところへ行きます」

「幸男さんの今日の調子だと、無理って話じゃなかったですか」

「そんなこといってられません。兄に二千万円のことを問いただします。戸籍のことも話さないといけないですし」

希望の館に到着した。冬木と加奈子は、階段を上がり、三階の一番奥の部屋へと向かった。加奈子が強くドアをノックする。

「兄さん！　聞いてほしいことがあるの。返事してもらえない？」

しばし待ったが、何の反応もなかった。ただ、ドアの下の隙間からは、カサカサと紙をめくるような音が聞こえてくる。

「兄さん。大事な話があるの」

やはり、返事はなかった。冬木は、床に手をついてドアの下の隙間から無理やりなかを覗《のぞ》こうとした。しかし、覗くことができるほどの隙間はなかった。

床についた冬木の指先がひやりとした。床の冷たさではない。部屋のなかから流れてきた冷たい空気のせいだった。

腰を上げた冬木は、ドアノブを握り、開けていいですか、と加奈子に目で訊く。

うん、と加奈子がうなずいた。

「幸男さん、冬木と申します。ドアを開けますが、いいですか」

ドアノブをまわそうとしたが、まわらなかった。

「加奈子さん。マスターキーを持ってきてくれますか」

「それは、さすがにどうかと」

「お兄さんは、ここにはいないかもしれません」

「えっ」

「とにかく、マスターキーを」

「わ、わかりました」

冬木に強く促されて、加奈子は廊下を走っていった。

冬木はドアに耳をあてた。ページをめくるような音が聞こえてくる。だが、人の気配はないように思えた。床を踏む音もしなければ、布がすれるような音も聞こえない。

鍵束《かぎたば》を手にした加奈子が戻ってきた。

「兄の部屋のは、これです」

加奈子から渡された鍵を、鍵穴に差し込んでまわす。かちゃりと軽い音がした。

「開けますね」

「あ、ちょっと待ってください」加奈子がドアを押さえた。

「なんですか」

「兄が……その、どうにかなっているなんてことは？」

ないとはいいきれない。だが、もし死んでいたら、汚臭が漂ってくるはず。ドアの下から流れてくる空気に汚物の匂いはしなかった。

「おそらくその可能性は、低いと思います」

「じゃあ、お願いします」

「では、開けます」

ドアを開けた。汗臭い匂いが鼻腔《びこう》に差し込んでくるも、許容範囲だ。

六畳ほどの部屋には誰もいなかった。机、ベッド、本棚……意外にも部屋はそれなりに片付いていた。

机の上には、開きっぱなしの雑誌があった。同じく机のわきで卓上型の扇風機が回りっぱなしだった。その風が中途半端に当たるせいで、雑誌のページが立ち上がったり、寝たりを繰り返していた。音の正体はこれだった。

部屋のなかを改めて見渡す。ベッドの上で視線が止まった。

クリーム色のゴムマスクだった。

このマスクから脱皮してどこかへ行ったのではないか。冬木がそんなことを考えていると、「兄さん……」と加奈子がつぶやいた。


とりあえず一階の事務室に戻った。

加奈子が出したお茶を飲みながら、冬木は思考を巡らせた。

朝井次郎が妻の光代から引き継いだ二千万円は、少なくとも二週間前の時点では、まだ存在していた。次郎がその金を信用金庫から引き出すときに同伴していたのが幸男で、今は行方をくらませている。行方がわからないことと、二千万円には、何かしらの関係があるかもしれない。

「幸男さんが行きそうなところはわかりますか」

「まったく、見当もつきません」

「日中、幸男さんが外出することは」

加奈子が首を振る。「ないと思います」

「では、深夜に外出して、それから戻っていないという可能性が高いですね」

「兄が二千万円を持っているってことは……」

加奈子は幸男と二千万円の関係を気にしている。二千万円があれば、実家を売却しない選択肢が確実に残るので、あってほしいと祈るような気持ちだろう。

そんなことを考えていると、ひとつの仮定が脳裏をかすめた。

幸男が、自身が次郎の子ではないことに気づいていたとしたら……。

会ったことのない幸男の思惑が勝手に膨らんでいく。自分は遺産を相続できない。相続権がないことをほかのきょうだいに知られる前に、遺産を持ち出して逃げてやる——。

逃げる際、金目の物を得るために、実家にも立ち寄った可能性があるのではないか。

「このあと、東山のご実家を見せていただけませんか。お兄さんのことでも、何かしらの手がかりがあるかもしれません」

「そうですね。わかりました」

室内に電子音が鳴り響き、加奈子がバッグからスマートフォンを取り出した。

「ちょっと失礼します」

加奈子が部屋を出ていった。

数分後、加奈子が戻ってきた。顔色がよくない。

「どうかしましたか」

「すみません。今から会社に戻らなければいけない用事ができてしまって」

「なら、仕方ないですね」

「用事が終わり次第、またご連絡します。とりあえず、ご自宅までお送りします」

「では、自宅ではなく、レストランまでお願いできますか」

「わかりました」

二人は車に乗り込んだ。レストランへ向かう間、加奈子はそわそわしている様子だった。会社を経営していれば、いろいろ問題もあるだろう。

レストランに着いた。

「本当は照葉さんにご挨拶《あいさつ》をしないといけないと思うのですが」

「気にしないでください。それよりも、会社のほうを優先してください」

加奈子はハンドルを握ったまま頭を下げると、すぐに車を発進させたのだった。

5

レストランに戻ると、夕方の賄い飯の時間だった。

「食べる？」と風雅の短い問いに、「もちろん」とこたえる。

今日の賄い飯は、サーモンのカルパッチョ丼だった。いい具合にレモン酢が効いている。相変わらず賄い飯の域を超えるクオリティだ。どうやったら、こんなうまい料理が作れるのか。カウンターの向こう側に目を向けると、風雅が得意げに薄い唇をつり上げた。

「冬木さん」先に賄いを食べていた照葉が話しかけてくる。「どう？　うまくいってる？」

「二千万円が最近まであったことはわかったんですが、いろいろと予想外のことが……」

ここまでのことを順に説明した。ひきこもりの長男の存在、しかも実子ではなかったこと、次郎名義の二千万円の定期預金の解約、さらには長男がいなくなったこと……。

「ただの遺産捜しじゃなくなってしまったわね」

「今日で終わらないかもしれません」

「いいわよ。しばらく、加奈子さんのことを優先して」

冬木のスマホが振動した。加奈子からのメールの受信だった。仕事が立て込んでいて、東山の実家に行くのは遅くなる、実家には弟の圭吾が立ち会うので、差し支えなければ、申し訳ないが先に実家に向かってほしいという内容だった。

しばらくしたら、ご実家に向かいます、と返事を出してスマホの画面を閉じた。

「夕飯を食べたら、東山の実家に行ってきます。弟さんがいらっしゃるようなので」

「東山といえば、この前、ハナちゃん、小林《こばやし》さんのお引っ越しのお手伝いに行ったんだったわよね」

小林さんというのは東山に住んでいるテリハの常連だ。自宅を建て直すことになり、一時的に引っ越しをした。先日、ハナはその手伝いに行ってきたのだった。

「あのとき、すごいお宝が見つかったっていってなかった?」

「そうなんですよ!」丼《どんぶり》をかきこんでいたハナが顔を上げる。「年代物の掛け軸が見つかって、百万円近い値がついたんですよ」

東山という土地柄だからという話ではない。民間のシンクタンクの試算によれば、日本の全世帯で三十七兆円、一家庭当たり七十万円相当の隠し資産があるといわれている。特に、古い家には思わぬお宝、隠し財産が見つかることがある。たとえば、洋服、着物、食器、書物などだ。そのなかに、値段のつくもの、業者に買い取りしてもらえそうなものが眠っているのだ。

「二千万円の行方も気になるけど。加奈ちゃんの実家にも、もしかしたらお宝があるかもしれないわよ」

「ありえますね。おおいにありえます」とハナが何度もうなずいている。

「じゃあ、ここはハナちゃんの出番ね。今晩のディナータイムの予約は三組だけだし、私が何とかするわ。今から、冬木さんと一緒に加奈ちゃんの実家に行ってきて」

「はっ。承知しました！」

照葉の指示に、ハナはまるで警官のような返事でこたえる。敬礼もしかねない勢いだ。冬木にとっても、ハナの同行は心強い。元警官の視点で家捜しをすれば、何かみつかるかもしれない。

「じゃ、行きましょうか」

さっそくハナが丼を置いて立ち上がる。「東山一丁目でしょ？　歩いてすぐですよ」

本当はもう少し賄いを味わって食べたいところだったが仕方ない。冬木は急いでカルパッチョ丼をかきこんだ。


冬木とハナはレストランを出て、朝井家に向かった。坂を下りて五分ほど歩くと、細い出格子の建物が並ぶ茶屋街のメインストリートにたどりつく。

通りにはレトロ調の街灯がともっていた。日中と違って、夕方になると、観光客は急に少なくなる。

ハナが横道に折れたので、冬木もそのあとをついていく。車一台がやっと通れるくらいの細い道をしばらく進む。茶屋街の喧騒《けんそう》が嘘のように静かになった。飲食店や土産物屋がなくなり、住宅が軒を連ねている。

迷路のような道を行くハナに躊躇《ちゅうちょ》はなかった。東警察署の生活安全課の所属だったので、土地勘も備えている。

ハナが足を止めた。「ここですね」

目の前にあるのは、周囲の建物よりひときわ古い平屋の町屋だった。街灯に照らされて、壁の色がほんのり赤く浮き上がっている。紅殻《べんがら》色と呼ばれる赤紫の壁だ。

「このあたりは昔、茶屋街のなかでも、旦那《だんな》衆が芸妓《げいぎ》を住まわせていた地区だったらしいです」

茶屋街のなかでもときどきこうした色使いの建築物が目につく。赤い壁に上気した女の肌を思わず連想した。

「冬木さん。この色、どうしてべんがらって呼ばれているか知ってますか？」

「その名のとおり、紅色が混じっているからだろ」

「と思うでしょ。違うんですよ」ハナがにやりと笑う。

「インドのベンガル地方の紅料を使用しているから、べんがらと呼ばれるようになったんです」

「へえ、知らなかった」

瓦《かわら》屋根、門構えなど、朝井家の外観を今一度見渡した。建物自体は築百年くらいか。値段はつかない。財産価値としては土地だけだ。

低い門をくぐると箱庭の一角に屋根を越えるほどの赤松が伸びていた。玄関のブザーを押すと、すぐに戸が開いて、長身の男の胴体が見えた。鴨居が低いせいで顔までは見えない。

「どうぞ。お待ちしていました。圭吾です」

男がひざを折った。町屋にはおよそそぐわないドレッドヘアが鴨居の下から現れた。色白で鼻筋が通っていて、美男子の部類だ。年齢は三十六歳、ドラッグストアで店員をしていると加奈子から聞いていた。

「背が高いですね。何か運動でもやられていたんですか」とハナが尋ねる。

「野球を、以前は独立リーグの球団に所属していました」

「野球選手ですか。すごいなあ」

「芽が出ないで引退したんですけどね」

圭吾が、ははははっと笑う。玄関のなかに入ると、今度は細い足が見えた。若い女性だった。もう冬も間近というのにホットパンツ姿だ。

「あ、どうも。妻の香織《かおり》です」

妻、とハナが声を出した。冬木と同じ思いを感じたのだろう。妻という感じはしない。黒目が大きくて、顔が小さい。身長は百六十センチくらいだが、痩《や》せているので、それよりも背が高く見える。もう少し若ければ、美少女という言葉が当てはまる容姿だが、肌のつやや、目じりの小さなしわをみると、実際は三十歳すぎくらいか。

「じゃあ、私。先に家に帰るから」

そういって香織は、圭吾のドレッドヘアの先端に触れる。いつもの儀式といった感じだ。圭吾はそんな香織を見て目を細める。二人をふわりとした空気が包んでいた。

香織は手を振って家を出て行った。

「奥さん、めちゃくちゃ美人じゃないですか！」

ハナが大げさなほどに、目と口を縦に広げた。

「そんなことないっすよ」

「いやあ、夫婦そろって美男美女。しかもラブラブ。結婚したの、いつですか」

「五年前です」

「ずっとさっきみたいな感じなんですか？　いやあ、愛がある。すばらしいなあ」

圭吾は恥ずかしいのかドレッドヘアに指を突っ込む。頭をかいているはずが、かくかくと、かつらを動かしているようにしか見えない。

「奥さんはどうしてここへ？」と冬木は訊《たず》ねた。

「いつもくっついてくるんです」圭吾が苦笑いを浮かべた。

冬木とハナは、簡単に自己紹介をした。

「あの赤煉瓦《あかれんが》のレストランですよね。一度行ってみたいんですけど、なかなか行く機会がなくて」

「いつでもいらしてください」ハナが眉《まゆ》をハの字にしてニコッと笑う。

「さっそくですが」

柔和だった圭吾の顔が硬くなった。「兄が父の実の子じゃなかったって、本当ですか」

「謄本を確かめたので、おそらく間違いないかと」

「それと、兄が二千万円の現金を持っているかもしれないとも聞きましたが」

「そっちのほうは、あくまで可能性です」

「そうですか」圭吾の瞳《ひとみ》に物憂げな色が差した。「どこに行ったのかな……」

幸男が行きそうな場所は、圭吾も何も思いつかないという。

圭吾に案内されて家のなかに入った。昔の家らしく、収納スペースが多い。和室の奥は、縁側になっていて、その奥に小さな庭がある。

「以前は、ここでご商売をなさっていたと聞きましたが」

「母が生きていたころ、町屋カフェをやってました。趣味でやっているような小さな店で、小説や漫画を読むのが目当てで来る人も多くて」

縁側には大きな古い本棚があった。漫画がずらりと並んでいる。あしたのジョー、うる星やつら、ゲームセンターあらし……冬木にとって、懐かしい漫画の背表紙が目についた。ただし、古本屋に持って行っても、値段がつくのか怪しいものばかりだ。

「じゃあ、そろそろ始めましょうか」

ハナが両手に白い手袋をはめて、両肩をまわした。手袋は軍手ではなく、光沢のある上質なものだ。警察の現場検証で使うのと同じものかもしれない。

家のなかを調べる順番は、ハナの指示に従った。買い取り可能なもの、隠された金融財産、いわゆるヘソクリもないか、丁寧に調べた。

「着物や高価な食器は母が亡くなったときに処分したので、残っているのはガラクタばかりだと思うんですけど」

家のなかは整理されてすっきりとしていた。長くこのままの状態らしく、値段が付くようなものも何もなかった。おそらく、幸男はここには来ていないと冬木は思った。

「ここの土地の権利証は、俺が預かっています。ほかには、大事な書類は何もないと思います」

圭吾のいうとおり、棚の引き出しなどを見ても、書類のたぐいは何もない。隠し財産がありがちな、タンスの引き出し、靴箱も入念に調べたが、何も見つからなかった。

「あ、これ」ハナがしゃがみこんだ。

その視線は、ナイロン紐《ひも》で縛った『ガロ』という古い雑誌の束をとらえている。

「紐を解《ほど》いてもいいですか」

圭吾の了解を得る前から、ハナは紐を解きにかかる。「おっ、二十年分はありますね」

「父のです。かなり古い雑誌だったので近いうちに捨てようかと」

「だめですよ。これ全部だと最低でも四十万円の価値はありますよ」

「本当ですか！」

「有名漫画家の読み切り漫画で単行本化しなかったものなんかが掲載されていれば、価格はもっと上がるらしいです。それだと一冊でも一万円以上はしますから」

「そんなすごい価値があるなんて、捨てなくてよかったー」

「ハナって、漫画に詳しいのか？」

「そういうわけじゃないです。前の仕事を辞めたあと、しばらく引っ越し業者でアルバイトをしてたんです。その業者、不用品の鑑定なんかもサービスでやっていて。それで、自分も勉強して、わかるようになったんです」

「なるほどな」

「難しいことじゃないです。ネットで調べたら、相場もおおよそわかりますし」

二時間近くかけて家捜しは終わった。四十万円相当の古い雑誌を見つけたのが成果だった。一息ついて、三人は一階の座卓を囲んで座った。エアコンが入っているので、部屋は暖かかった。圭吾が用意した缶コーヒーを飲むと、町屋という空間もあってか、自然と気持ちが和んでいく。

柱時計を見上げると、八時十分。正確な時間だった。

「家捜ししていたら、こういうものを見つけまして」

どこから持ってきたのか、ハナがアルバムを二冊座卓の上に置いた。

「あっ。懐かしいなあ」

「もしよかったら、ご家族の写真を見てもいいですか。なんだか家のなかを見ていたら、どんな方が住んでいたのかと興味が出てきてしまって」

「どうぞ、見てください」

ハナが屈託のない顔で話すので、圭吾のほうも気にする様子はない。

冬木は感心した。おそらく、ハナは警官時代もこうして相手の警戒心を解いて、いろんなものを調べてきたのだろう。

一冊目は、台紙に透明のセロファンが貼られたアルバムだった。妻の光代のものらしく、旅行やイベントで三人の子供たちと一緒に写った写真ばかりだ。

家族の楽しげな写真を見ていると、自分にもこんな日々があったことを思い出した。不意に胸の奥がうずき始めたので、記憶を脳の奥にしまった。

「朝井家の皆さんは、仲が良かったようですね」

ハナは、いかにも感じ入っているという風に何度もうなずきながら、ページをめくる。

「圭吾さんから見て、ご家族それぞれの性格などを教えていただけますか」

「父は、好きなことをやって生きていた感じですね。母は穏やかで、そんな父を見守っていました。兄は大人しい性格で、姉は兄とは反対に何事にも積極的な性格で」

「圭吾さんは、どうだったんです？」

「俺ですか？　ずっと野球やってきたんですけど、実は、あまり人と争うのは得意でなくて。できれば目立ちたくないというか」

「でも、背は高いし、イケメンだし、目立ちますよ。しかも、そのドレッドヘアだったら、どこにいても目をひきますよ。ドラッグストアで、とがめられたりしないんですか」

「とがめられるも何も、俺が店長なんで。っていうか、この髪型、やめたいんですよ。

でも、会社の採用の条件が、このままでいろってことだったんで」

「どうして、また？」

「広告塔みたいなものなんです。元野球選手のいるドラッグストアっていうのを売りにしたいとかで。うちの会社、俺が所属していたチームのメインスポンサーなんです」

文句をいえない立場というわけか。もし不平を漏らせば、解雇。いや、所属していたチームによくない影響が及ぶのかもしれない。

ハナが一冊目のアルバムを見終えて、次の一冊を開いた。一冊目よりも年季の入ったアルバムだった。

白い厚紙の表紙が赤茶けている。なかを開くと、台紙はセロファンを貼り付けるものではなく、四つ角に小さな三角の枠を貼り付けて写真を留めるタイプのものだった。どのページにも若い頃の次郎が写っている。こっちは、次郎の個人アルバムらしい。

あるページでハナの手が止まった。そこには、上半身だけの次郎があごに手を当てて、ポーズをとっている写真があった。

「いやあ、お父さん、いい男ですねえ」とハナが唸《うな》る。

お世辞ではない。たしかに、昭和の俳優然としている。彫りの深い顔立ちは、銀幕の映画スターを思わせる。男の目から見ても、かっこいい。

「その写真……」

圭吾が、ハッとした顔つきになった。「あっ、ヤバイなあ」

「どうかしましたか」

「前に父と話していたことを思い出しまして。もし俺が死んだら、この写真を葬儀のときに遺影として使ってくれ、そのために撮った写真だからって。あのときは、父が冗談をいっていると本気にしませんでしたけど」

「で、結局、この写真を使ったのですか」

「いいえ。たしか、希望の館のホームページで使用していた写真を姉が選んで使っていました。すっかり忘れてた。あ、この話、姉には内緒にしてくれますか」

「わかりました」

圭吾の目は真剣だった。姉のことが怖いらしい。

「ん？」ハナが小さな声を出した。

ポーズをとっている次郎の写真の縁を、指の先でなぞりだす。

「どうかしましたか」

「この写真だけ、少し厚みがありますね」

いわれてみれば確かにそうだ。写真の中心部が盛り上がっている。

「写真をちょっと外してみてもいいですか」

「どうぞ」

ハナは、圭吾の了解を得て、指先で慎重に写真の角を四隅から離していった。

写真をゆっくりと剥《は》がしていくと、写真と台紙の間から、折りたたまれた紙が出てきた。長い年月のせいか、紙は全体的に黄ばみを帯びている。

紙には『圭吾へ』と書いてある。

「開いてもいいですか」

「どうぞ」

圭吾の了解を得て、ハナが紙を開く。

最初の行の二文字、「遺言」に思わず目を見張った。

「圭吾さん、この字は」

「父の字です」

右上がりで、かなり癖のある字だ。紙に書かれた文章をハナが読み上げる。

『遺言者、朝井次郎は、次のとおり遺言する。次の者は、遺言者と小松崎益美《こまつざきますみ》との間の子であるから、遺言者はこれを認知する。本籍、石川県金沢市――』

さらに名前、生年月日、電話番号が書いてあり、最後の行には、『俺が死んだあと、この遺書に気づいたら、博行と連絡を取ってくれ』と締めくくってある。

名前は小松崎博行《ひろゆき》。生年月日から計算すると、今は四十七歳だ。

「この小松崎博行さんって、圭吾さんはご存知ですか」

「いいえ」圭吾が首を振る。

「これは、もしかして……」

ハナが冬木を見る。その先は、冬木にいわせたいらしい。ならば――。

「おそらく、隠し子でしょう」と冬木はこたえた。

6

レストランの給仕を照葉一人に任せておくわけにもいかず、ハナを店に帰らせた。

冬木と圭吾は希望の館に移動した。加奈子も、もうすぐここに来ることになっている。

冬木は机をひとつ借りて、朝井家の財産目録を書いていた。圭吾はテーブルに置いた遺言書をじっと眺めている。

「どうして、オヤジは写真の裏に遺言を挟んでおいたんでしょう」

「意図的にそうしたんじゃないですかね」

「意図的に、ですか？」

「あの写真を葬式で使ってほしいと伝えておけば、葬儀の準備の際に、写真をアルバムから外す。そうすると必ず遺言が出てくると思ったんじゃないでしょうか」

「オヤジは死んでから、隠し子がいたことを告白するつもりだったってことですか」

「生前、自分からは、いいにくかった。でも、秘密のままにはしておけない。だから、ああやっていつかわかるようにと細工をしたのでしょう」

「しかし、あのまま気づかれなかった可能性もあるわけですよね。実際、俺は葬儀のときに、写真のことはすっかり忘れていたわけだし」

「昔のことだし、遺言が見つからなければ、それはそれでいい、という考えだったのかもしれませんね」

「それ、ありえますね。深く考えていないっていうか、いい加減というか、うちのオヤジらしいですけど」

ドアが開いて加奈子が現れた。

「遅くなってすみません」

「姉さん、実家で大変なことがわかった」

「どうしたの。二千万円のこと？」

「そうじゃない。実は――」

圭吾は真剣な顔で、次郎に隠し子がいたことを話した。ところが、加奈子は「へえ、そうだったんだ」というだけで、動揺した様子はなかった。

「姉さん、驚かないの？」

「いても不思議じゃないでしょう。もしかしたら、って思うこともあったし」

「え、そんな風に思ってたの」圭吾が目を丸くしている。

「圭吾は今まで感じたことはなかった？」

「うん……そうだね」圭吾があいまいな顔でうなずいた。

「冬木さん、これで相続人が増えたってことですよね」

「そうです。相続は、遺産と相続人を確定してからが始まりです。遺産分割の前に、相続人がみつかったのはよかったと思ってください。あと、遺産のほうも——」

冬木は、財産捜しが終わったことを加奈子に伝えた。古い雑誌に四十万円の値がつきそうだと話すと加奈子は「あれが」と驚いていた。

「とりあえず、簡単な財産目録を作ってみました」

冬木は、できあがったばかりの財産目録を加奈子と圭吾に見せた。

■資産

現金・預金	300万円
書籍（古雑誌）	40万円
東山の実家（土地）	2000万円
同右（建物）	評価額無し
希望の館（土地）	4000万円
同右（建物）	評価額無し
資産合計	6340万円

■負債

連帯保証債務	6000万円
負債合計	6000万円

「資産が三百四十万円上まわっています」

「これだと、東山の実家を売却しなくてはいけないということになりますが」

「もし、次郎さんが解約した定期預金の二千万円が見つかれば、それを充てることができます。そうなれば、実家の売却は必要ないかと」

「ちょっと待って。姉さん、実家は必要？」

「当たり前じゃない。私たちが生まれ育った家なのよ」

「もう誰も住んでいないんだし、処分してしまえばいいじゃない。売ったお金を分けることにしてさ」

「だめよ。何いってるの」

加奈子がぴしゃりという。圭吾は大きな体をかがめて黙り込んだ。二人の力関係は、姉が上のようだ。

「加奈子さん。実は、ちょっと気になることがありまして」

「なんでしょう」

「希望の館の、土地の権利証は加奈子さんが持っているのですか」

東山の実家の権利証を圭吾が預かっているという話を聞いて、ふと気づいたのだ。この土地の権利証を見ていなかったことに。

「私、持っていません。見た記憶もないです。もしかして……」

加奈子が一瞬ためらう。「兄が権利証を持ちだしているってことですか？」

「その可能性はあります」

加奈子の瞳《ひとみ》が揺らいだ。瞳の奥の気持ちが伝わってくる。

幸男は二千万円を持ち出したうえに、この土地までも――。

「冬木さん、権利証を持っていたら、土地を売ることって、できるんですか」

「それだけでは無理ですね」

「なら、とりあえずは安心ですけど……。あと、父と血のつながっていない兄に、遺産を相続する権利はあるのでしょうか」

「ありません。どれだけ長く一緒に住んでいたとしても、法定相続人には該当しませんので。ただし、今日見つかった遺言書によって、相続人が一人増えたことになりますが」

「隠し子って、相続する権利は半分でしたっけ」と圭吾が尋ねる。

「それは昔の話です。今は、法律が変わりまして、非嫡出子でも認知されていれば、嫡出子、つまりお二人と平等に相続する権利があります」

「そうですか……」

「ですので、加奈子さん、圭吾さん、そして小松崎さんのお三方で均等に分けるのが、基本線となります」

「その前に」加奈子のまなざしが険しくなった。「本当に、お父さんの子供なのか、確かめないと」

「遺言があったくらいなんだよ。嘘ってことはないでしょ」

「さっき、隠し子がいてもおかしくはないっていったのと、ちょっと矛盾するけど、お父さんの子供じゃない可能性だってあると思うの」

「まあ、そうだね。本当の子供でもないのに、遺産を取られたら、かなわないし」

加奈子が遺言書を手に取り、じっと眺めた。

「冬木さん。こういうのは、早く連絡をしたほうがいいですよね」

「はい。六千万円の負債のこともありますし。遺産分割の協議をするにしても、早いにこしたことはないです」

「今からこの人に電話してみます」

「いきなり？」

「古い電話番号だったら、使われていないかもしれないし、確かめるなら、早いほうがいいでしょう」

「まあ、そうだけど」

「スピーカーフォンにするから、一緒に聴いてて」

圭吾が顔をこわばらせながら、うなずいた。

加奈子が、机の電話機のボタンを押した。

電話の呼び出し音が部屋に響いた。一回、二回とコール音が鳴る。

相手はなかなか電話に出ようとはしない。次第に緊張感が高まっていく。

十回ほど鳴って、コール音が途切れた。

〈はあい〉

男——空気の抜けたような声だった。

〈……だれ？〉

「私は朝井加奈子と申します。朝井次郎の娘です」

しばらく沈黙が続いた。

〈……ああ、ああ〉

返事とも驚きともつかない声が返ってくる。

「あなたは、小松崎博行さんですか」

〈そうだけど〉

「先日、父が亡くなりました。そのことで、お話ししたいことがあります」

〈……わかった〉どこかうつろな声だ。

加奈子は、会う日と場所の調整を始めた。遺産の話を早目にしたいとも告げている。

〈なら……明日とか？〉

「では、そうしましょう」

明日の十三時に、場所はグリル・ド・テリハでと決まった。

電話が終わると、加奈子が肩を上下させて息を吐いた。緊張していたのだろう。

「ぼそぼそとしゃべっていたけど、どんな人なんだろう」

電話の声を聴くかぎり、ぱっとしない印象だった。

「とにかく、明日ね。圭吾は時間作れる？」

「なんとかするよ」

姉弟《きょうだい》は、うなずき合っている。

そのとき、電話機のベルがけたたましく鳴った。

「誰かしら」

「小松崎さんじゃないの？　気持ちが落ち着いて、かけ直してきたとか」

「何か、要求されるのかしら」

加奈子が不安そうな顔をしながらスピーカーボタンを押した。

「もしもし朝井です」

〈……〉

しばらく待つが返事はなかった。

加奈子が、強い口調で、もう一度、もしもしというと、

〈……か、加奈子？〉

「兄さんなの？」

どうやら幸男からの電話のようだ。

「今、どこにいるの？」

〈……うん〉

「うん、じゃわからないわ。何してるの？」

〈……〉

「無事なの？　警察に通報しようかと思ってたのよ」

〈それはやめてくれ〉幸男がはっきりとした声を出した。

〈とにかく、警察には相談しないで〉

「まさか、また前みたいに、犯罪に巻き込まれているんじゃないでしょうね」

〈そうじゃない〉

「兄さん、俺だよ」圭吾が電話に顔を近づけた。

〈おお、圭吾か〉

「父さんの二千万円はどうしたの？」

電話の向こうの幸男が、うっと声を出した。

〈どうして、二千万円のこと知ってるんだ？　通帳だってないはずなのに〉

通帳だってない――。幸男は妹や弟に知られないように通帳を隠していたようだ。

「調べたら、わかったの。そのお金って、今も兄さんが持ってるの？」

〈……ああ〉

「希望の館の土地の権利証もないんだけど、それも兄さんが持っているの？」

〈うん〉

「とりあえず二千万円があるなら、よかったわ。それを持って帰ってきて」

〈……〉

「そのお金がないと、六千万円の返済ができないの」

〈これは、父さんのお金だ〉

「そうよ。遺産だから相続人で分けるのよ」

〈悪いが、二千万円のことはあきらめてくれ〉

「どういうこと？　何か使い道が決まっているの？」

〈それはいえない〉

「兄さんっ」テーブルの電話機に圭吾が顔を近づける。

「とにかく二千万円を持って帰ってきてよ。ほかにも大事な話があるんだ。実は――」

冬木はとっさに圭吾の口をふさいだ。そして、首を振って見せた。

圭吾が口にしようとしたのは、幸男が連れ子だった件だ。

電話では話さないほうがいい――。冬木の合図に気づいたのか、圭吾も、うん、うんとうなずいた。

〈……もう、切るよ〉

「待って、兄さん」

プツッと音がして、電話が切れた。ツー、ツーという音が部屋に虚《むな》しく響く。

しばらく待ったが、もう電話はかかってこなかった。

二千万円は存在していた。だが、幸男とともにその行方はわからない。

これが今日の結論だった。

7

翌日、冬木は普段どおりテリハに出勤した。

「今日の午後一時にここで隠し子をまじえて、ランチを食べながら、相続のことを話し合うことになりました」

「あら、いいじゃない」照葉は嬉《うれ》しそうに目を細める。「お店の売り上げにつながるし、冬木さん、これが私の望んでいた方程式なのよ」

今日もランチタイムは盛況だった。冬木は客の一人から相談を受けた。六十手前の女性だった。ずっと義父の介護をしてきたが、その義父が亡くなったという。

「最近、法律が変わって、介護をしてきた嫁にも遺産を求める権利があると聞いたんですが、どれくらいいただけるんでしょうか」

「その前に、まずは相続人全員の同意が必要となりますが、みなさんの同意はいただけそうですか」

「大丈夫だと思います。義理の姉とも仲よくやってきましたし」

女性が少し得意げな顔をした。「お世話になっているお礼だといって、ときどき商品券をくれたりもして」

「それは、ちょっとまずいですね」

「どうしてですか」

「介護の報酬を受け取っていたとみなされる可能性があります。その場合、遺産の請求権はなくなります」

「えっ、そうなんですか」

法律が変わったとはいえ、介護をしていた義理の家族が相続請求権を持つには、いくつもの条件があり、まだまだハードルは高い。

「もしも相続権を主張するおつもりなら、旦那《だんな》さんと相談のうえ、慎重になさったほうがいいでしょう。親族間の火種になる可能性もあります」

「わかりました……。聞いておいて助かりました」

そう口にする女性はどこか残念な顔をしていたが、これでよかったはずだ。生半可な知識で相続権を主張して争った挙句、負けてしまうよりも、いいに決まっている。

女性を見送っていると「冬木さん」と照葉に声をかけられた。

「アドバイスはとてもいいのですが、もう少し愛想よくしてくださいね」

「……わかりました」

時計を見ると、顔合わせの予定時刻を過ぎていた。加奈子、圭吾はすでに席にいて、小松崎の到着を待っている。二人は小松崎から過去のいきさつをくわしく訊《き》くつもりのようだ。昨晩、遅くまで何を訊こうか打ち合わせをしていたという。

圭吾には、妻の香織が今日もべったりとくっついている。冬木は、香織の存在が少し気になった。配偶者とはいえ、血のつながっていない人間が口出しすると、相続人たちの怒りを買い、まとまるものもまとまらなくなる。香織の性格はわからないが、この場では、大人しくしていてほしいと願うしかない。

小松崎はなかなか姿を現さなかった。いつのまにか予定時刻から二十分がたとうとしていた。店内はカウンターに客が一人だけ。その客も会計のために立ち上がった。

「先に私たちだけで昼ごはんにしましょうか」

加奈子の提案に、圭吾と香織がうなずく。では、と冬木は厨房《ちゅうぼう》に注文を入れた。

じきにカウンターに料理が並んだ。今日の日替わりランチはミックスフライだった。

三人分の料理をテーブルに運び終えたころ、がなりたてるようなエンジン音が外から響いてきた。

外に目を向けると、駐車場に小型の黒いSUVが停まっていた。ディーゼル車なのか、車の大きさの割に、エンジン音が異様なほど大きい。車体には泥しぶきが飛び散り、ひどく汚れていた。

エンジン音が止まると、周囲が急に静かになった。

誰かが車から降りたが、店内からは死角になっていて、その姿までは見えない。

ドアのベルが鳴り、大柄な男がぬっと現れた。泥だらけのニッカーボッカーにブーツ。肩幅が広く、上背もある。髪は短くて、あごには無精ひげを生やしていた。十一月末だというのに、上着の袖《そで》をまくりあげ、袖からは太くて黒い腕が伸びている。

「小松崎だけど」

男が太くて通る声を発した。声も外見も電話とは、まるで印象が違っていた。

加奈子と圭吾は目を皿のようにして男を見ている。しかし、加奈子と圭吾が驚いていたのには、もうひとつ理由があった。

「……マ、マジか」圭吾がぼそりとつぶやいた。「昔の父さんだ」

冬木は、アルバムで見た次郎の写真を思い出していた。たしかに目の前にいる小松崎は、次郎の若いころと瓜二つ《うりふた》だった。

「圭吾」

「ん？」

「確かめる必要はなさそうね」

「そうだね」

姉弟《きょうだい》二人とも、現れたこの男がまぎれもなく次郎の隠し子だと確信したようだ。

冬木も含めて、みながたじろいでいるなか、照葉が小松崎に近づき、

「お待ちしておりました」と丁寧に頭を下げた。

「冬木さん、お席にご案内して」

「は、はい。どうぞ、こちらへ」

小松崎をテーブルに案内する。朝井家の三人がようやく席から立ち上がった。

冬木は小松崎の椅子をひきながら、この男はどんな仕事をしているのだろうと考えた。

「遅れて悪かったな。裏曜日はいろいろとあってな」

――裏曜日。この言葉を使うのは……。

「お、それ、うまそうだな」

小松崎の手が、おもむろにテーブルに伸びた。加奈子の皿からコロッケをつまみあげると、口のなかに放り込む。

そして、「うん。こりゃ、レンコンだな」と満足そうにうなずいている。

つまみ食いに、あっけにとられる加奈子をしり目に、小松崎は、どかっと腰を下ろした。

「昼飯は、俺もこれがいい。あと、ライスは大盛りで」

冬木が厨房のほうへ目を向けると、風雅は、小松崎の声が聞こえていたのか、小さくうなずいた。

気を取り直した加奈子が「小松崎さん」と明瞭《めいりょう》な声で呼びかけた。

「おう、なんだ」

「初めまして。朝井次郎の長女の加奈子です」

「ってことは、あんた、俺の妹か？」

妹という直球フレーズに、加奈子はどうこたえていいかわからず、視線を左右に動かした。

「電話くれたの、あんただよな。あんときはもう寝てたんで、寝ぼけてたんだ」

小松崎が、がははと笑う。「で、何て呼べばいい？」

「は？」

「あんたのことだよ。そうだな……ベン子でいいか」

「は？　ベン子？」

「どう見たって、子供のころから、ずっと机にかじりついて勉強一筋だったたって顔だからよ。その眼鏡なんて、まさにガリベン丸出しだ」

「勝手に想像しないでください」

加奈子が指先でメガネフレームをつまんで、小松崎を睨《にら》む。

「最近は、こういう眼鏡が流行《はや》りなんです」

「まあ、とにかくベン子と呼ばせてもらうよ。ええと、あんたは？」

「二男の圭吾です。隣にいるのは妻の香織です」

「そっか、色男だな。髪型もかっこいいしな」

「ありがとうございます」

「なんだか、俺に似てる。やっぱり兄弟だ」

「そうっすか」

こちらは加奈子とは違って友好ムードだ。しかし、そんな二人の空気が不快だったのか、加奈子が「圭吾、ちょっと」といって弟を睨んだ。

「色男クンよ。さっき二男っていってたけど、長男って俺のことか」

「……いいえ。兄がいます」

「兄だって？」

「はい。ただ、兄は……」

圭吾がいい淀《よど》んでいると、加奈子が「兄は、父の実子ではないので、相続権はありません。ですので、ここにはいません」と説明した。

「へえ、そうか」

小松崎の反応は薄かった。血のつながっていない幸男に関心はなさそうだ。

ちりりん、と厨房から鐘の音が聞こえた。小松崎の分も料理ができたようだ。冬木は小松崎の料理をテーブルに運んだ。

四人のランチがようやく始まった。

「で、二人はどんな仕事をしているんだ」と小松崎が尋ねる。

加奈子が、会社を経営しているというと、小松崎は感心したように「ほう」と声を出した。

「俺はドラッグストアで働いています。その前は独立リーグでずっと野球をやっていました」

「そういえば、なんだかメジャーリーガーみたいなヘアスタイルだな」

「わかります？　マニー・ラミレスに憧《あこが》れてて。でも、故障が長引いちゃって、結局、引退しました」

「そか。そりゃあ、残念だったな」

「小松崎さんはスポーツとかやってなかったんですか。ゴツイ体してますけど」

小松崎の顔が急に曇った。「俺は、何もしてない。できやしなかった」

「では、今はどんなお仕事をなさっているのですか」と圭吾が別の質問をする。

「この格好を見りゃあ、いわなくてもわかるだろ」

「はあ」わからないのか、圭吾はあいまいにこたえる。

「さっきまでホイルローダーを転がしてたんだ。だけど今日は調子が悪くて、出るのが遅れちまった」

「ホイルローダーってなんですか」

「重機だよ。知らねえのか」

「すみません」と圭吾が謝る。

会話が徐々にぎこちなくなり、気まずい空気が流れ始めた。

その後は、静かなランチとなった。

食事が終わり、冬木は飲み物の注文を聞いた。小松崎は紅茶。ほかの三人はコーヒーだった。

加奈子が「そろそろ、今日の本題に入らせていただきます」といい、遺言書が見つかった経緯を小松崎に説明した。

小松崎は真剣な表情で話に聞き入っていた。

「遺産分割のことは、このお店のウェイターの冬木さんからお話ししていただきます」

「どうしてウェイターが？」

「冬木さんは、元税理士で相続にお詳しいそうです。いろいろアドバイスもいただけるので」

「ふーん」小松崎はいぶかしげに片方の眉《まゆ》をつり上げた。「まあ、いいや。早く説明をしてくれ」

「では、今から朝井次郎さんの遺産のことで、僕、冬木が司会進行をします。ただ、これだけは初めに申し上げておきます。僕からは必要な情報を提供するにすぎません。遺産分割の決定権は、もちろん相続人のお三方にあります」

本当は少し違うのだけど、と胸のうちで思う。照葉から、加奈子の力になってくれといわれている。しかし、相続の話し合いの場で、誰か一人に肩入れすると、疑念や嫉妬《しっと》が芽生えてしまいかねないので、そんなそぶりは見せない。

相続は争いにはしないのが一番いい。争いは相続人たちを疲弊させる。ひと言でいえば、むき出しの家族ゲンカだ。腹の底の醜い本音をさらして、血のつながった親子や兄弟姉妹が罵《ののし》り合う。最後まで本心を見せずに、きれいごとで済むのなら、むしろ、そっちのほうがまだマシなくらいだと冬木は思っている。

「では、まずは――」

冬木は、財産目録のコピーを三人に配った。

加奈子と圭吾には昨晩話しているが、小松崎もいるので、改めて、次郎の資産と負債の内容と金額を全員に説明した。話の最後には、幸男が次郎の二千万円を持ち出していることを小松崎に告げた。

「なあ。その、幸男クンだっけ？　彼が持ち出している二千万円っていうのは、どうなるんだ。遺産として残ると考えればいいのか」

「今のところ、なんともいえません」と加奈子がこたえる。「兄の話では、使い道が決まっているようなことをいっていましたが」

「金を使う気なのか？　何とかして食い止めたほうがいいんじゃないのか」

「でも、どこにいるのかわからなくて」

「ウェイターさんよ。こういう場合、どう考えればいい？　とりあえず、二千万円はまだあるとみなして話を進めたほうがいいような気がするが、どうだ？」

「それがよいかと。なかったときは、そのときということで」

小松崎の言葉に内心助かったと思った。二千万円が戻ってくるかどうかはわからない。だが、もし二千万円を遺産から外して話し合うとなると、時価二千万円相当の実家の土地を六千万円の返済に充てるほうへ、話が一気に向かうおそれがある。

加奈子の希望を考えると、今日のところは、それはまだ避けたい。

「では、相続人のお三方から、それぞれの思いをうかがいます。おうかがいしたいことは二点。まずは六千万円の債務の返済方法について。その上で、財産分与の具体的な希望をおっしゃってください。どなたからでもいいです」

「では、私から」と加奈子がいった。

「六千万円の返済には、希望の館を売って、あとは兄が持っている父の二千万円を充てられればと思います。東山の実家は相続人の共有名義で残して、現金三百万円は百万円ずつ分ける。これが、私の希望です」

「じゃあ、次は俺が」と圭吾が手を挙げる。

「六千万円の返済には、希望の館と兄さんの持ち出した二千万円を充てられれば、それにこしたことはないと思います。ただ、この際、東山の実家も処分すればいいと思います」

「圭吾」

思わず加奈子が名前を呼ぶも、圭吾はそれを無視して話し続ける。

「とにかく、遺産は全部現金化して、三等分に分けて、相続したい。これが希望です」

加奈子の意向に背いたことが後ろめたいのか、圭吾は目線を下に向けた。その隣の香織はどこか満足そうな表情にも見える。

「では、最後に、小松崎さんの考えをお聞かせください」

加奈子、圭吾の希望を聞く間、小松崎は目をつぶって腕を組んでいた。二人の考えを受け止めて黙考しているのかと思ったが、よく見ると小さく船をこいでいる。

「小松崎さん」

再度の冬木の呼びかけに、小松崎がぱちっと目を開けた。

「遺産は……俺が全部引き継ぐ」

テーブルの空気が急に強張《こわば》った。

「小松崎さん、それは……」

「俺、なんか、おかしなことでもいったか？」

冬木の頭のなかで、ボッと火がつくような音が聞こえた。

火ぶたが開いて点火した——。だが、この炎を大きくしてはいけない。

「小松崎さん。あなたを実の子と認知する遺言はたしかにありました。しかし、財産分与に関する記述はありませんでした。これは何を意味するか、おわかりですか？」

「いや、わからんな」

「あなたの相続権は認めますが、あくまでその権利はほかの相続人と同等ということです。あなたが、ほかの相続人よりも財産を多く受け取ることができるとは、どこにも書いてなかったんです」

「それがどうした」

小松崎があごを上げて尊大にかまえる。「俺にとっては、法律の能書きなんてどうでもいいんだ。ウェイターさんよ。この国では、いにしえのころから、遺産っていうのは、年長の男が引き受けるものじゃねえのか。それとな、もうひとつ——」

小松崎は不敵に笑った。「葬儀をやり直したい」

「小松崎さん、もう一度、おっしゃっていただけますか」

「だから、葬儀をやり直したいんだ」

冬木は次の言葉を失っていた。加奈子と圭吾もただ茫然《ぼうぜん》としている。

突如現れた婚外子が、困らせる要求をすることはある。たいていそれは、遺産に関することだ。だが、小松崎のふたつめの要求は、冬木にとっても想定外だった。

小松崎が、話を聞けといわんばかりに大げさに咳払《せきばら》いをした。

「俺は、自分が朝井次郎の子供だってことは前から知っていた。ずっと認知してもらえなかったことにどんな理由があったのか、知らないし、今さら、そんなことはどうでもいい。だけど、遺言に俺を認知するって書いてあったのを聞いて、ふと気づいたんだ」

小松崎が遠くを見るような目をした。「オヤジの思いにな」

「どんな思いですか」と険しい顔で加奈子が訊《き》いた。

「俺に対する償いだ。だから、遺言のなかで、認知するって言葉を残した。そこには、遺産は全部俺に譲りたいって意味があると確信したんだ」

「それは、あなたの勝手な解釈じゃないですか」

加奈子が尖《とが》った声を出すが、小松崎は「いいや」といって話し続ける。

「オヤジがイノシシに襲われて死んだってのは、俺の耳にも入ってた。俺はオヤジの隠し子だから、葬儀には列席できないとあきらめていた。だがよ、遺言が見つかった場所ってのが、葬儀に使ってほしいといってた写真の裏側だったんだろ。それを聞いて思ったよ。オヤジは俺に葬儀に出てほしかったんだろうってな」

加奈子も今度は反論しなかった。たしかにこの説明には説得力がある。次郎が遺言を写真の裏に隠したのは、葬儀の前に、朝井家の人間に小松崎のことを知ってもらうため。つまりは、葬儀に列席させるためだったといえないこともない。

「俺抜きでやった葬儀なんて、オヤジも成仏できてねえんじゃねえか。だから、もう一度、葬儀をやり直してほしい。以上だ」

小松崎が紅茶を飲み干した。カップを置く音がカチンと響いた。

「小松崎さんの希望に、加奈子さん、圭吾さんからご意見はありますか」

「遺産を全部、相続したいとか……葬儀をやり直せとか……」

加奈子の声がかすかに震えていた。「そんな希望、無理よ」

「ベン子は、オヤジの思いを無視してもいいっていうのか」

「小松崎さん……そのベン子っていうの、やめてもらえますか」

「じゃあ、何て呼べばいいんだ」

「そんなの、私にもわかりません。とにかく、あなたの希望は、二つとも認められません。あと、実家のことだって——」

加奈子のきついまなざしが小松崎から圭吾に移る。「圭吾も処分してもいいだなんて、自分の住んでいた家なのよ。本当にそれでいいの？」

急に自分に矛先が向いて、圭吾は目を泳がせた。

「俺は……」

「あのおー」

場違いな、少し舌足らずの声が入り込んだ。「いいですかあ」

圭吾の妻の香織だった。

「うちの圭吾クンは、お義姉《ねえ》さんには、いいたいことがなかなかいえないみたいで。それで今日は私もここについてきたんです」

「ちょっと、香織」

「だって、実際そうじゃない。私がいうから」

香織が加奈子を見据える。

「共有で実家を残したとしても、実際は、お義姉さんが所有するみたいなものじゃないですか。圭吾クンにはなんのメリットもないんです」

「香織さん。それはあなたの考えよね。決めるのは圭吾よ」

「そう。まさに、それ」

香織が意味ありげに深くうなずく。

「やっぱり今日はここに来てよかった。お義姉さんはわかってないわ」

「わかってないって何が？」

「圭吾クンの性格や立場をですよ。この人、お義姉さんに逆らったことってないでしょ？　今までは、それでよかったかもしれないけど、相続で損をしてもらっては私が困るんです。だから、今日は私が代弁するためにここに来たんです」

冬木の胸がざわざわと波立った。まずい展開だ。戦いの炎は鎮火どころか、大きくなっている。しかも、香織の主張には一理ある。

「圭吾さん。奥さんからのご意見を訂正したり、あるいは何かつけ加えることはありますか」

「……いいえ」

圭吾はうつむき加減で誰とも視線を合わせない。かわりに香織が話し続ける。

「お義姉さんがどうしても実家を残したいっていうのなら、実家は共有にするのではなく、自分名義にして不動産価格の三分の一の金額を圭吾クンに渡していただけませんか」

「加奈子さん、いかがですか」

冬木が振ると、加奈子は苦いものを含んだような顔をして何もいわなかった。

すると、香織がふふっと笑った。「したくても、できないんですよね」

「香織さん。それ、どういう意味？」

「お義姉さんの雑貨店、あぶないって聞きました」

「そんなこと、誰がいっているの」

「お義姉さんには黙っていたけど、ついこの前まで、知り合いがお義姉さんのお店でアルバイトしていたんです。その子、いってましたよ。ここのところずっと売り上げが落ちてて、銀行の人とお義姉さんが深刻な顔で何度も話をしていたって」

加奈子が表情を失った。

「実家を処分してお金が入るほうが、お義姉さんにとっても、いいんじゃないですか？お義姉さんこそ、少し考え直してくださいよ」

「おい、ストップだ」

小松崎だった。「勝手に話を進めるな。あんた、相続人じゃないだろ」

香織は反論こそしなかったが、顔をぷっとふくらませて圭吾を見た。その瞬間、冬木は違和感を覚えた。圭吾を見る香織の瞳《ひとみ》に、どこか憎しみの色がこもったように見えたのだ。

しかし、今は圭吾夫婦のことに気をとられているわけにはいかない。この場をどうするかが優先だ。

相続人らの主張は全部、出そろったが、希望は三者三様、同じ方向を見ている者はいない。何とか折り合いをつけさせて協議をまとめていくのは、難しい状況である。

テーブルを感情的な空気が支配していた。これ以上議論しても進展は望めそうにない。

「皆様、今日のお話はここまでにしませんか。具体的な詰めの話は、日を改めてということで。いかがでしょうか」

冬木の言葉に、加奈子と圭吾は硬い顔でうなずく。

小松崎は両手を上げて伸びをすると、返事ともあくびともつかない声を出した。

「じゃあ、帰るわ」

ポケットからくしゃくしゃの千円札を二枚取り出して、テーブルに置いて立ち上がる。紙幣の端には、泥がこびりついていた。

小松崎が店を出るところまで冬木はついていった。

外に出たところで、小松崎はスマホを耳に当てた。

「おう、俺だ」小松崎の、がなるような声が駐車場に響いた。

「カチ盛りはだめだぜ。それで運ぶと、あぶねえからな」

小松崎は振り返ることなく、SUVに乗り込んだ。車がタイヤをきしませて走り去っていく。

――カチ盛り。さっきは、裏曜日ともいっていた。

カチ盛りはメダルを箱いっぱいに詰めこむこと。裏曜日は従業員の給料日で当たりの確率を絞る日のこと。どちらもパチスロの隠語だ。

――やっかいな人物かもしれない。

レストランに戻った冬木は、皿を洗うハナのところに行き、「時間のあるときに小松崎の身辺調査をしてくれ」と頼んだのだった。

8

夕方、冬木は、加奈子の経営する雑貨店の裏にある事務所を訪れていた。

室内は、かなり雑然としていた。壁のカレンダーは先月のまま。余裕のない会社の状況を物語っている。

「これで全部です」

加奈子がテーブルに置いたのは、経営する雑貨店の財務関係のファイルだった。

遺産分割協議のあと、冬木は加奈子に、会社の状況を教えてほしい、アドバイスができるかもしれないと伝えた。

初め、加奈子は「数字を見せるのはちょっと」とためらっていたが、照葉から「冬木さんなら、必ず力になってくれるから」といわれて、首を縦に振った。

冬木は、帳簿の数字に目を通した。際立っていたのは、売り上げの大幅な減少だった。

ここ三年は慢性的な赤字決算で、金融機関からの借入金もかなりある。

「銀行から何かアドバイスは受けていますか」

「人件費を今よりもカットするようにといわれまして。あとは、宣伝費や維持費なども削れるんではないかと」

とおりいっぺんの助言だ。少なくとも、加奈子の会社の今後を考えた前向きなアドバイスとは思えない。

帳簿のページをめくり、さらに細かい数字も見ていく。

日別の訪問客数と売り上げの客単価をたしかめた。この規模の雑貨店にしては、三店舗とも週末の客数が少ない。しかも、ここ数年、減少傾向に拍車がかかっている。

「客数の減少の原因は、なんだとお考えですか」

「リピーターを維持できていないんだと思います。全国展開している三百円均一の雑貨店が石川県にも進出して、いくつか店を出したんです。三百円という値段の割に、おしゃれなものを提供しているみたいで。客はそちらへ流れているようです」

「何かしらの打開策はお考えですか」

「ライバル店との差別化を図るために、品ぞろえを増やしたいと考えています。銀行には、仕入れのための運転資金を増やしてほしいと伝えました。しかし、なかなかいい返事はなくて」

それはそうだろう。赤字が続いている会社に運転資金を追加で融資しても、約束どおりに返済が進む可能性は低いと考えるのは当然だ。

「半年前に、銀行には、月々の返済額を減らしてもらいました。ですが、その返済条件でも、正直、苦しくなってきて。それで、先日、銀行には追加融資と、さらなる条件緩和をお願いしたんですが」

加奈子が額に手を当てる。「銀行の担当者から、両方とも難しいといわれたんです」

「もしかして、この前、急に会社に戻ったのは、そのことだったのでは」

「はい。銀行からの回答の電話でした。それで会社に戻って社員と資金繰りについての打ち合わせをしていたんです」

電話で連絡を受けたあと、加奈子が急に落ち着かない様子になったのは、それが原因だったようだ。

「今後、どうやって金を工面するつもりですか」

「自宅マンションを売却して返済資金を作ろうと思っています。知り合いの不動産屋に訊《き》いたら、一千三百万円くらいにはなるだろうといわれました」

冬木の頭に、末路という二文字が浮かんだ。

経験上、自宅を売るのは最終局面だ。しかも、代表者が自宅を売って金を作って、その後に会社が持ち直したという話は聞いたことがない。

冬木は、もう一度、店の業況を示す書類に視線を落とした。かなり厳しい状況だ。このまま営業を続けても、好転する兆しは見えない。

しばしの間、思考を巡らせた。会社を今後も継続していくための方法はあるだろうか。

「雑貨店を今後も続けたい。その思いはありますよね」

「もちろんです」

「今、お話を聞いた限りでは、業況の改善はかなり難しいと思います。思い切って、大胆な策を実行しなくてはいけません」

冬木は加奈子を正視した。「まずは、今ある店をすべて閉店させることです」

「えっ」加奈子がぴくりと肩を震わせた。

「売り上げに対して、三店舗とも賃料の支払いが大き過ぎます。つまり毎月の固定費用がかかり過ぎているんです。これをなんとかするには店を減らすしかない」

「でも、冬木さん。全部たたむっていうのは」

「今の業態では、客が減ることはあっても増えることは見込めません。思い切ってすべての店をたたむ。新たな営業戦略を立てた上で、いちからやり直すのがいいと思います」

「ここまで大きくした店を手放すなんて……」

「厳しいことをいいますが、大きいのは店構えだけで、数字は伴っていません。このままでは、一年後に倒産します」

「売り上げさえ戻れば、大丈夫なんですよね？」

「今の営業スタイルでは、売り上げが戻ることは期待できないでしょう。手を尽くしてきた加奈子さんなら、わかっているはずです」

　加奈子の顔に落胆の色が広がっていく。

「もうひとつ、お伝えしておきますと、自宅マンションを売却する考えは、経営者としての覚悟も伝わってきます。ですが、順番を間違ってはいけません」

「順番？」

「相続のことです。東山の実家を残したいのであれば、マンションの売却で得た資金を、会社の借金の返済原資に充てるのではなく、ほかの相続人への支払いにまわすべきです。共有名義で残すと、いずれトラブルのもとになります。もし、加奈子さんが東山の実家を相続したいのであれば、共有の持ち分を買い取るのが、やはり筋です」

加奈子の視線がテーブルに落ちた。その目は何も見ていないようだった。

今がタイミングだと思った。

「加奈子さん。ご実家を処分することを検討してはどうでしょうか」

「えっ」加奈子がパッと顔を上げた。

その目には、反発の色が映っているようにも見えた。

冬木は加奈子をじっと見つめ続けた。やがて、加奈子のまなざしが徐々に力を失い、冬木からゆっくりと離れていった。

「……たった一年でした」

「一年？」

「私の結婚生活です。入籍して一年が過ぎたころ、夫が亡くなりました」

加奈子は思い出話をするように、語り始めた。

「私は、大学を卒業したあと、県内の電気部品メーカーで営業をしていました――」

夫とは仕事の取引相手として出会った。気の合った二人は、交際をスタートさせ、やがて婚約した。

夫の会社は大阪に本社があった。金沢の営業所に五年いた夫は復帰する時期だった。

もしも、大阪について行くなら、加奈子は会社を辞めなければいけない。だが、好きな仕事や仲のいい同僚たちから離れるという決断は簡単には下せなかった。

「人事部がオーケーしてくれたよ。これで当分は金沢勤務だから」

夫は会社にかけあって、加奈子の希望に沿うようにしてくれた。本当は、本社に戻って一線で仕事がしたかったはず。だが、夫はそのことについては何もいわなかった。

二人は挙式を上げ、新婚生活が始まった。

ところが一年後、突然の不幸が訪れた。対向車線の大型トラックが道をはみ出し、夫の運転する営業車と正面衝突した。夫は即死だった。原因は、運転手の居眠り運転。三日三晩の遠距離走行で、過労が蓄積していた。今ほどドライバーの健康管理にうるさくない時代だったことが、災いを招いた。

「私と結婚して金沢に留《とど》まったせいで、夫は事故に遭い死んだのだと私は思いました」

今の言葉……冬木は改めて感じた。加奈子は自分と似たようなものを抱えていると。

「私は心を病みました。自分のものじゃないように体は動きませんでした」

抜け殻のような日々だった。休職して、その後、会社を辞めた。

薬とカウンセリングで少しずつ体を動かせるようになってからは、東山の実家に行くようになった。

実家では、母親が町屋カフェを営んでいた。加奈子は店を手伝うわけでもなく、空いている部屋でぼんやりと過ごした。子供の頃に買った漫画を毎日、読みふけった。

そうした時間と町屋の空間が、加奈子を癒《いや》し、少しずつ生きる気力を取り戻していった。カフェの空きスペースに気に入った雑貨を置き始めた。店内の装飾のつもりだったが、来店客が雑貨を眺めて、売り物なのかと母に尋ねることがたびたびあった。雑貨屋をやってみたらと母に勧められた。たしかに雑貨は好きだったし、店を開くことにも興味があった。

どうせやるなら、会社を作ろうと思い、夫の死亡保険金で会社を設立した。メーカーで営業をしていたスキルも役に立った。夫の会社の同僚だった人たちも手を貸してくれた。始めた会社は順調に売り上げを伸ばし、やがて三つの店を展開するまでになった。

「抜け殻だった私が立ち直って、ここまでやってこれたのは、実家があったからなんです。あの空間をなくしてしまうなんて、考えられません。でも……」

加奈子が力なく笑った。「冬木さんのおっしゃることも、もっともだと思います」

「加奈子さん」冬木は、穏やかに語りかけた。

「会社経営は、いいときも悪いときもあります。しかも、中小企業や個人事業は悪いときのほうが多いです。そのときどうしのぐか、経営者にとっては大事なことです」

今回、店を全部たたみ、実家も処分するようにと厳しい提案をした。加奈子の今後のためにはこれがいいと思っていた。しかし——。

話を聞いて、冬木の気持ちも揺らいだ。ただ実家を残したいという漠然とした思いだけで、加奈子は希望しているわけではない。

冬木と同じように加奈子の心には冷たい風が吹いていた。その風から守ってくれたのが実家だった。わずか一年の結婚生活で最愛の夫を亡くした加奈子にとって、実家はただの思い出の場所ではなく、心に吹く冷たい風をしのぐ、なくてはならない場所だった。

「加奈子さんの実家を残したい気持ち、よくわかりました。それを前提に、ほかにいい方法がないか、考えてみます。事情を知らず、厳しいことをいい過ぎたことは謝ります」

「そんな、謝らないでください。もっと現実を見なければと自分でもわかっています」

力なく笑う加奈子の瞳《ひとみ》を見ていると、ある思いがよぎった。

ずっと誰かに訊《き》いてみたかった。

「加奈子さん。失礼ですが、ひとつうかがってもよろしいですか」

「なんでしょうか」

「家族を急に失った悲しみは、克服できるものでしょうか」

加奈子の瞳が宙に向いた。この十年、重ねた思いをたぐっている、そんな目だった。

冬木は、加奈子の言葉を待った。

加奈子の目が、ようやく冬木をとらえた。

「私の場合は、克服なんて何年たってもできません。できるのは――」

加奈子は、たしかな口調でいった。「ひたすら悲しむ。これしかないと思います」

9

加奈子が次にレストランを訪れたのは、三日後のことだった。

夜九時をまわり、ディナーの客が帰り始めたころ、加奈子は一人で現れた。

「もうすぐ圭吾も来ます」

幸男の行方を尋ねると、あれから一度も連絡はないという。

「警察に相談しようかとも考えているんです」

「あまり期待できないと思います。相続が絡む家族間のトラブルは、民事とみなされます。よほどのことがないと警察は動きません」

「そうなんですね。では、もうしばらく、兄が戻ると信じて待ってみることにします」

加奈子がため息をついた。見ると、目の下に、うっすらとくまができている。

「お疲れのようですね」

「銀行と話し合いを続けていますが、返済条件を今よりも緩めるのは、やっぱり難しいみたいで。かといって、店舗を整理するっていう決断は、なかなかできなくて」

「悩むのは当然です。よく考えてください」

間もなく圭吾も現れた。今日は一人だ。

「香織さんは大丈夫だったの？」

「この時間は、まだ仕事ってことになっているから」

この前のいい争いで、姉と会うときは連れてこないほうがいいと悟ったのだろう。

「さっき、ちょっと気になることがあって。冬木さんも聞いてくれますか」

圭吾がにわかに不安そうな顔をした。

「兄さんが戻ってないかと、ここへ来る前に、希望の館に立ち寄ったんです。兄さんはいなかったんですが、建物の前で男に呼び止められて、名刺を渡されました」

圭吾が差し出した名刺を見る。『弁護士　野村公敏《のむらきみとし》』と記されてある。

「年齢は五十歳くらいでした。朝井幸男さんはどこにいらっしゃいますかって訊かれて。今はちょっと不在にしていますって適当にこたえたんですが」

「弁護士が兄さんに何の用かしら」

「訊いても、教えてくれなかった。あとでふと思ったんだけど、兄さん、もしかして、ヤバいことして逃げてるんじゃないかな。警察にもいわないでくれっていってたし」

「冬木さん、どう思います?」

「弁護士は誰かの依頼を受けてやってきたってことでしょう。その依頼の内容というのが気になりますね」

「誰かに訴えられるってことでしょうか。もしかして二千万円と関係あるのかしら」

何ともいえないが、関係がないとはいえない。幸男、二千万円、弁護士……その関係性は今のところ何も見いだせない。

野村の名刺を見る。事務所の住所は金沢市内となっている。

冬木は厨房《ちゅうぼう》のハナのところに行き、名刺を見せた。刑事だったハナなら何か知っているかもしれない。

「ああ、野村弁護士なら知ってますよ」

「どんな弁護士だ？」

「悪い評判は聞きませんね。たしか、与党の県連の顧問弁護士だったはずです」

冬木は加奈子たちに、ハナから聞いたことを伝えた。

「依頼人は政治家ってことですか？　兄に限らず、朝井家と政治家との接点なんて全くないんですが」

「弁護士はいろいろな仕事を引き受けているので、政治家からの依頼とは限りません。悪い弁護士ではないようなので、とりあえず、様子見でいいかもしれません」

「では、そうします」

「それより、お二人とも、何か召し上がりますか」

「もちろんそのつもりです。ただ時間が遅いので、そんなに多くはいらないんですけど」

今宵は、加奈子にある提案をするつもりだった。そのためには――。

「では、タンシチューなどいかがですか。ルーは割とあっさりしています。スープがわりにちょうどいいですよ」

「じゃあ、それを」加奈子と圭吾はタンシチューとライスのセットを頼んだ。

ほかの客がいなくなり、加奈子と圭吾だけになった。

冬木は二人のいるテーブル席に着いた。

「小松崎さんからの要望について、どうするか検討なさいましたか」

加奈子と圭吾は力なく首を振った。

要求はふたつ。ひとつは、遺産を全部ひとりで相続したいというもの、もうひとつは葬儀をやり直してほしいというものだ。

「遺産のことは、時間をかけて話し合うしかないと思うんです。私と圭吾にしても、意見が違うわけですし。ですが、もうひとつのほうは、実際、無理なんじゃないかと」

「でも、俺。小松崎さんのいうのも、ちょっとわかる気がするな。実の父親の葬儀に参列できないなんて、悔いが残るだろうって」

「そのことですが、お二人にお話があります。小松崎さんの要望にこたえられないか、真剣に検討してみてはいかがでしょう」

「それは、葬儀をやり直すということですか？」

「さすがにやり直しはできないので、法要を執り行うというのは、どうでしょうか」

「法要といっても、初七日は葬儀とあわせて繰り上げて行いましたし、次は、四十九日の法事の予定です。四十九日のときに、あの人に出てもらうという意味でしょうか」

「四十九日では遅いです。すぐにでも何かしらの法要を行ってはどうでしょう」

「何かしらの法要って、勝手にやれるものなのですか」

「勝手というより、本来、仏教の法要は、亡くなってから四十九日までの間、七日ごとに行うのが習わしなんです」

加奈子が、意外というまなざしを冬木に向ける。

「冬木さんは、仏教にも、お詳しいのですか」

「聞きかじった程度です」

服役中、仏教に触れる機会があり、そこで知識を得た。きっかけは、月に一度、所内を流れる刑務所ラジオだった。館内放送で受刑者のメッセージ、リクエスト曲、DJのトークという内容の生放送が行われていた。

DJは年配の住職だった。受刑者からのメッセージを読むかたわら、仏教の教えをさりげなくちりばめた話をした。年配の僧侶《そうりょ》だけあって、内容には深みがあり、ひとつひとつの話は、冬木の心に染み入った。

数字を追い求める実利の世界に身を置いていた冬木は、宗教や精神世界など虚だと蔑《さげす》んできた。そんな冬木が仏教の話に真剣に耳を傾けたのは、妻と娘のことが大きな理由だった。

死んだ人間は灰と化す。死というものをその程度でしか考えてこなかった。だが、亡くなった妻と娘が、風が吹けばどこかに消えてなくなる灰粉になりはてたとは思いたくなかった。死者は極楽浄土へ向かう、この世から離れても無になったわけではない。以前の自分なら、おとぎ話とバカにした世界を脳のなかに必死に構築しようとしていた。

「仏教では、人が亡くなると、四十九日目に次の生を受けるとされています」

冬木は住職になったつもりで加奈子に語りかけた。

初七日を終えたあとも、七日ごとに四十九日まで、極楽浄土に行けるかどうかの裁きを受ける。次の生を受けるまでのこの四十九日の期間を中陰《ちゅういん》といい、七日ごとの裁きにあわせて、故人が成仏できるようにと遺族は供養をする。

この供養は中陰法要と呼ばれ、遺族が法要を重ねるほど、この世からあの世へ善を送ることができるとされている。法要は、初七日から始まり、七日ごとに、二七日、三七日、四七日、五七日、六七日、四十九日で終わりを迎える。

しかし、現代では初七日を繰り上げて行い、四十九日のみを行うケースが多い。

「本来、七日ごとに行うものですので、近日中に、法要を行ってはどうでしょうか」

今日は金曜日。来週の末に行えば、死後二十一日あたり、ちょうど三七日《みなのか》の法要ということになる。

「でも、冬木さん。そもそも、あの人の要望に応《こた》える必要はあるのでしょうか。どうして、そこまでしなきゃいけないのかと私は思うのですが」

加奈子の瞳《ひとみ》には、批判的な色が映っていた。小松崎をよく思っていない。理屈よりも感情が上まわっているのは明らかだ。ここは、穏やかに語って聞かせるしかない。

「遺産分割協議というのは、お互いに譲るところは譲って、落としどころを見つけていくものです。ずっと仲のよかった遺族でさえ、相続でしこりが残ることもあります。まして、隠し子がいたときは、相続はさらにもめます。簡単にはいきません」

加奈子は、まだ納得していないのか厳しい顔を崩さなかった。

「小松崎さんの求める遺産分割の内容は、たしかに現実的ではないです。しかし、ここは正攻法に法律を振りかざすよりも、嫡出子だったお二人が小松崎さんのために努力する姿勢を示すことで、気持ちを和らげることができるかもしれません。それによって、分割協議が円満に終わる可能性も高くなります」

非嫡出子は劣等感を強く持っている。その部分が少しでも満たされれば、遺産分割協議で要望を取り下げることもある。

「圭吾、あなたはどう思う？」

「俺は、小松崎さんの気持ちがおさまって遺産分割がスムーズにいくのなら、法要をすればいいんじゃないかと思う」

厨房から鐘の音が聞こえた。料理ができた合図だ。

冬木は加奈子と圭吾の前に、白いシチュー皿を置いた。

赤茶色をしたルーの表面が輝いている。頼むぞと、冬木はルーに念を送った。

「いただきます」

スプーンですくって口に含むと、二人の表情がふっと柔らかくなった。

冬木は少し離れたところで、〝待ち〟の姿勢を取った。

しばらく二人は無言でシチューをすくっていた。

「……不思議ね」と加奈子がつぶやいた。

「どうしたの」

「このシチュー。一口食べるごとに気持ちが落ち着いてくる」

「姉さんもそう思う？　俺も、なんだか、そんな感じがしていた」

「圭吾」加奈子が顔を上げた。「香織さん、最近何かあった？」

「どうして？　何もないよ」

「なら、いいんだけど。前と印象が違っていたから」

加奈子は先日の遺産分割の場で香織に責められたことがひっかかっているのだろう。

圭吾のほうは、一瞬、苦しそうな顔をしたように見えた。

「あのさ……」

「なに」

「いや、なんでもない。それより、姉さんの会社って、やばいの？」

「今、ちょっと大変なの」

「そうなんだ」圭吾は、それ以上は何も突っ込まなかった。

二人が料理を食べ終わった。

「あの、冬木さん……」

加奈子が冬木を見た。「ご提案のとおり、三七日の法要を行います」

冬木は黙ってうなずいた。企《たくら》んだのは自分とはいえ、タンシチューの持つ力に、内心驚いていた。

風雅のタンシチューには、冬木にも忘れられない思い出がある。初めてテリハを訪れたとき、注文したのがタンシチューだった。感動と落胆の入り混じった味だった。一口目を口に入れた瞬間、うまい。自分には無理だと思った。

料理人になるのをあきらめた冬木は、客のふりをして店をあとにするつもりだった。ところが、照葉から、ウェイターをしてほしいといわれて、なぜか承諾してしまった。あれはタンシチューのせいだったのではないか、風雅が作るルーに〝心を転ばせる〟何かが宿っていると、あとで思ったものだった。

法要の開催は、ここ数日、考えていた腹案で、加奈子が店に来たら、伝えるつもりだった。加奈子が難色を示すのも容易に想像できた。そこでタンシチューを食べてもらう。この料理を口にすれば、心が落ち着いて最善の判断を下すはずだと思った。

果たして、そのとおりになった。

「でも、いくつか問題があります。急に法要をやるなんて、ちゃんと説明しないと、伯《お》母《ば》さんたちがなんていうか」

「隠し子のために法要をしますなんて、いえないしなあ」

「それに、兄さんがその日までに戻って来るかどうかもわからないわ」

「たしかにそうだね。喪主がいないとまずいよね」

「法要の日までに戻ってこなければ、圭吾がやるしかないでしょ」

「うん。そうなったら、俺がやるよ」

「あと、もうひとつ。これが一番の問題なんですが……」

加奈子が冬木を見る。「あの人を、親せきの前でどう紹介したらいいのか。まるで父の隠し子披露会みたいな感じになるのは、よくない気がしますし」

法要当日に、小松崎と親せきたちがトラブルになっては、相続協議は円満な方向に向かうどころか、大きく後退することにもなりかねない。

小松崎を支障なく出席させる方法は——。過去の経験を頭のなかでたぐる。

啓示を受けたように、ふと、ある考えが浮かんだ。突飛ではあるがこれしかない——。

「三七日の法要のことは、僕から小松崎さんに話をします。まかせていただけないでしょうか」

「冬木さんがそうしてくれるなら。お願いします」


冬木は翌朝、小松崎に電話をした。

「ご要望に応えて、来週末に法要を行いますので、ご出席ください」

〈えっ、やるのか〉

小松崎は、一瞬、たじろいだような声を上げた。本当に要求が通るとは思っていなかったのかもしれない。

〈ベン子が、やるといったのか〉

「はい。ただ、開催するにあたって、お願いがありまして……」

冬木の説明を聞いた小松崎は、〈なんだ、そりゃあ〉と声を上げた。

「いかがですか」

――乗ってこないか？

すると、小松崎は、電話の音が割れそうな声で、がははと笑った。

〈わかった。ウェイターさんのいうとおりにする〉

小松崎の了解は取りつけた。しかし、これでよしというわけにはいかなかった。次の週末、朝井家の葬儀を執り行った寺の住職には、別の法要の予定が入っていた。先延ばしにすることも頭をよぎったが、連帯保証の六千万円のこともあり、少しでも早くことを進めておきたかった。別の寺を探すことにしたが、電話帳をみると、ずらりと寺が並んでいる。どこに頼めばいいのかわからなかった。

悩んでいると、「私に任せてちょうだい」と照葉が寺探しを引き受けてくれた。

茶屋街周辺で、朝井家の宗派と同じ寺があっさりと見つかった。次の週末の予定も空いているという。寺の名前は、浄福寺《じょうふくじ》。聞いたことのある名前だったが、寺は同じ名前が多いので、冬木は気にしないことにした。

10

最近は、ほとんど毎日雨か曇り空だった。この一週間、青空を見たのは一度だけ。今日も、朝から小雨が降り続いている。

三七日の法要まで、あと一日となった。法要のあとは、寺の別室で会食を行う。そこでの料理は、レストランの仕出しということになった。売り上げが増えてほくほく顔の照葉だが、寺を探す時点でそのあたりは見込んでいたのだろう。

天気が悪かろうが、ランチタイムは今日も相変わらず客足がよかった。

午後二時、店内の明かりをいったん半分は落とす。日中とはいえ、店内はかなり暗くなった。冬木は掃除を始めた。照葉はレジで伝票のチェックをしている。ハナは鼻歌交じりで、食洗器から食器を取り出して、棚に戻している。

風雅は、畳一枚ほどある白い調理台に野菜を並べて、眺めている。明日の仕出し料理の内容を考えているのかもしれない。

テリハの前は、フレンチの店だった。今の店のメニューにも、フレンチは含まれているが、フレンチにはこだわらない。こだわりがあるとしたら、地元の食材である加賀野菜を使うことだ。それが店をオープンさせたときからの〝売り〟である。

たとえば、今日のランチのスープは、春菊と豆腐のポタージュ。使う春菊は、金沢春菊という加賀野菜だった。

厨房《ちゅうぼう》の風雅が、その金沢春菊を手に取っていた。

掃除が一段落したので、風雅に声をかけた。「春菊がどうかしたか」

「仕入れすぎてちょっと余りそうなんだ。なんか作ってみようかな」

金沢春菊は、普通の春菊に比べて葉がやわらかく、アクも少ないのが特徴だ。

「リクエストある?」

「その春菊、生でもいけるよな。そのまま、ざくっと食べてみたい」

「わかった」小さくつぶやいた風雅が春菊の葉を一枚ずつ外し始めた。

ただのサラダを作るわけではないだろう。思わぬ料理が出てくるはずだ。

冬木は厨房から離れて暖炉の様子を見に行こうとした。

後ろで玄関のベルが鳴った。外の冷たい風がレストランのなかに入り込んでくる。

ときどき『CLOSED』のプレートに気づかず入ってくる客もいる。

「申し訳ありません」

ウェイターらしい丁寧な声を出しながら、振り返った。「この時間は……」

言葉が出なくなった。玄関で立っていたのは、義母の絹子《きぬこ》だった。

冬木が立ち尽くしていると、「あら」と声を出した照葉が、柔和な笑みで絹子に近づいていく。

「すぐにお茶を淹《い》れますわ。どうぞおかけになって」

照葉は一番端の窓際のテーブル席へと案内した。

二人には面識がある。冬木がここで働くことになったとき、一度顔を合わせている。

「冬木さん、もう仕事はいいから、お義母《かあ》さんのところへ」

「はい」

冬木もテーブル席に腰かける。

間を置かず照葉が、絹子と冬木にお茶を差し出した。

「照葉さん。急に、しかも営業時間外におしかけて申し訳ありません」

「いいんですよ。私のほうこそ本当は絹子さんにご連絡しなくてはいけないのに。ずっと何もしませんで」

照葉は冬木の真面目な仕事ぶりを絹子に伝えると、「では、ごゆっくり」といって席を離れた。

二人だけになると、何をいっていいかわからず、冬木は視線をさまよわせた。

「元気そう。安心したわ」

絹子が微笑んだ。笑い方が、亡くなった妻と似ている。

「連絡もせずに急に来てしまって、ごめんなさいね」

「……いえ」

「こうでもしなきゃ、数人さんは会ってくれないから」

絹子の言葉が胸にちくりと刺さる。連絡もなく突然来た理由は、ひとつしかない。

三か月前、加賀刑務所を仮出所した際、絹子は冬木の身元引受人となってくれた。

本来、仮出所した受刑者は、身元引受人のところへまずは出向かなければならない。

だが、冬木は絹子への連絡は、電話で済ませた。

絹子のもとへ足が向かなかったのは、息子、彬の存在だった。母と姉を亡くし、父である冬木が逮捕され、一人になった彬は、絹子のところに身を寄せた。

仮出所したら、何をおいても、幼い息子のところへ真っ先に向かう。父親なら本来そうするべきだが、冬木にはできなかった。

――ねえ、パパ。どうしてママとお姉ちゃんは死んじゃったの？

二つの棺桶《かんおけ》を見送ったときの、彬の声が今も耳に残っていた。

あのとき冬木は、幼い息子の問いかけに何もこたえないまま、警察へ出頭した。

脱税の指南はしていない。しかし、わずかな期間とはいえ、不正な取引を容認していたのは事実だった。さらには、身に覚えのない大金が、冬木の銀行口座に振り込まれてもいた。

もし、妻と娘の死がただの事故ではなかったとしたら――。残された息子だけは絶対に失いたくない。冬木は息子を守るために無実の罪を被《かぶ》ったのだった。

一年半服役して仮出所した。絹子には、「仮出所の間は、まだ家族と会えないので」と嘘をついた。仮出所期間に家族と会ってはいけないなど、そんな制限はなかった。

彬は俺をどう思っているのか――。会うのが、ただ怖かった。

結局、仮釈放期間の三か月が過ぎても、彬に会いに行かなかった。絹子のほうも、冬木と彬を無理に会わせようとはしなかった。

彬は六歳になった。来年は小学校だ。自分の置かれている状況が、ほかの子供たちとも違うことに気づいているだろう。

　このままではだめだという気持ちはたしかにある。だが……。

　冬木は目線を上げた。「彬はどうしていますか。元気ですか」

「今はね」

「今は？」絹子の言葉がひっかかった。

「心配するかと思っていわなかったんだけど、感情表現が乏しいというか、元気がない時期がしばらくあったの」

　感情を失い、能面のような顔をしている彬を想像すると、胸が苦しくなった。

「でも、少しずつ元気になって、もとの彬に戻ったわ。今はね、ほんとに元気なの。よく話もしてくれる。わがままもいったことないし、とてもいい子よ」

「本当にすいません」

　冬木はテーブルに鼻の先がつくほどに頭を下げた。絹子の夫はすでに他界し、彬と二人暮らしだ。穏やかに話す絹子だが、心配も苦労も一人で抱えて大変だったはずである。

「数人さん、顔を上げてください」

　いわれて、ゆっくりと姿勢を戻す。あの事故のあと、刑事からいろいろと質問を受けたと絹子はいっていた。娘が、冬木と結婚しなければ、親よりも早くに死ぬことはなかったと思っているかもしれない。冬木への恨みがあってもおかしくはない。

　それなのに、義母は身元引受人にもなってくれた。

「そういえば、この前、蜂須さんという女性の方がいらしたわ。誠子の知り合いだったって。数人さん、知ってる?」

「ええ」

「お家《うち》に入って、仏壇に手を合わせてやってくださいといったら、急いでいるので玄関で失礼しますといって。大きな花を置いて帰ってしまわれたの」

京子にとっては、そこまでが精いっぱいだったのかもしれない。しかし、俺は玄関に行くことさえできない。

そんなことを考えていると、「お仕事の邪魔になるでしょうから、そろそろ帰ります」と絹子が席を立った。

厨房から、ちりんと鐘の音がした。

振り返ると、風雅がカウンターに透明の容器を置いていた。容器には、カツを挟んだロールサンドが入っている。

「おみやげ」とだけいうと、風雅は、料理の仕込みに取りかかった。

冬木はそんな風雅に「ありがとう」と声をかけた。

「絹子さん、ちょっと待ってくださいね」

照葉が手早く風呂敷《ふろしき》で容器を包み、絹子に差し出した。「これ、彬くんに」

「まあ、いいんですか」

「どうぞ、どうぞ。うちの料理人、ルックスも料理もイケてますのよ」

照葉の言葉に、絹子がくすっと笑った。

冬木は坂の下のバス停まで絹子を送った。

傘をさしてバスを待った。風はほとんどないが、雨に当たる木がざわざわと音を立てていた。

やがてバスがゆっくりと近づいてきた。

「さっき彬は元気になったといったでしょ」

「はい」

「でもね、家族のことを全然口にしないの」

絹子の目には、うっすらと涙が浮かんでいた。

バスに乗った絹子を見送った。

一人になって、天神橋のたもとから浅野川を見下ろした。普段はゆったりと流れる透明な浅野川がまるで別の川のように、勢いよく濁流を押し流していた。

——家族のことを全然口にしないの。

絹子の言葉を思い出すと、熱いものがこみ上げてきた。

レストランへ続く坂道を上る。傘を下ろして天を仰ぐと、冷たい雨が顔を濡《ぬ》らした。

玄関のところで、ハナがディナーのメニューを書いた黒板を出していた。

「あ、冬木さん」

一瞬だけ、ハナの目に困惑の色が映ったが、すぐにいつもの笑顔に戻った。

「ロールサンド、俺たちの分もあるらしいですよ」

店に入って、冬木とハナはカウンターのロールサンドを手にとった。

「うぉ、うまい」とハナが声を上げる。「カツとレタスが絶妙」

「レタスじゃない。これ、冬木さんのリクエスト」と風雅。

いわれて気づいた。カツと一緒に挟んであるのは、金沢春菊だった。

少し眺めてからひと口かじった。思いのほか、春菊の苦みが舌に沁《し》み渡った。

11

明け方まで降り続いていた雨も、いつのまにかやんでいた。

雲が抜けて、久しぶりにすっきりとした日差しが降り注いでいる。ただし、空気だけは真冬を思わせるほど冷たかった。

冬木は、少し早めに寺に出向いた。

「今日はお世話になります」境内にいた寺の住職に頭を下げた。

「こちらこそ。私は現覚《げんかく》と申します」

住職の名前とその声を聞いて、寺の名前をどうして知っていたのか気づいた。

加賀刑務所のラジオ放送のＤＪをしていたのが現覚だった。浄福寺の現覚です——。

いつもラジオの最初にさらりと述べていた。それが記憶の片隅に残っていた。

年齢はたしか八十近いはずだが、目の前の現覚は、生気に満ちていた。

月に一度、最終週の土曜日の夜に、全館放送される声を聞いていただけなので、もちろん互いに面識はない。加賀刑務所に入所していたことを伝える必要もないだろう。

「三七日をやるなんて、珍しいね」と現覚が穏やかな声でいう。

「あの世に行く方の善が増えればいいと思いまして」

「そうか、いい心がけだ」

喪服姿の加奈子が現れた。「今日はお世話になります」

加奈子の印象がいつもと違う。理由は眼鏡だ。今日は、メタルのハーフフレームの眼鏡をかけている。

「こちらが喪主を務めます、兄の幸男です」

加奈子の後ろから、喪服姿の男が現れた。その瞬間、現覚の顔が固まった。

「きょうは……よろしく……おねがいします」

泰然自若を絵にかいたような住職も、ゴムマスクをかぶった大柄な男に驚きを隠せない様子だった。

「その覆面は、どうしたんだね」

「兄は――」加奈子が間に入って、

「少し、ここの病気でございまして」と自分の胸のあたりに手を当てた。

「おや、そうかい」

「こんな……かっこうで……もうしわけ、ありません」

「気にしなさんな。それよりも、体調が悪ければ、いつでも休んでいいからね」

ゴムマスクの喪主は、ゆっくりと頭を下げ、加奈子と本堂のほうへ向かった。

一度、加奈子が振り返った。冬木は、現覚に気づかれない程度に、小さくうなずいた。


喪主を務めるはずの幸男がいない。

親せきから批判を受けないようにしつつ、小松崎を出席させる。


このふたつの条件をクリアするために、冬木の考えた策は、例のゴムマスクを小松崎に被《かぶ》せて、幸男と見せかけて法要に出席させるというものだった。

幸いなことに、二人の背格好は似ていた。小松崎は、父次郎に似て体が分厚くて大柄。幸男のほうは、元々はやせ型だったが、長期間のひきこもりを経て、かなり太っていた。筋肉質と、脂肪太りという「中身」の違いはあれど、喪服を着ていればさほど見分けはつかない。

こんなのすぐにバレるのではないかと、不安を口にしていた加奈子と圭吾も、実際、小松崎にゴムマスクを被せたら、これなら大丈夫かもしれないと一応納得した。

何より小松崎が幸男に扮《ふん》することに乗り気だった。

――なかなか面白いじゃねえか。親せきじゅうから嫌な顔されるよりも、こっちのほうがましだしな。

ひとつ心配な材料は、小松崎の声だった。気弱でおとなしい幸男は、ぼそぼそとしたしゃべり方だったらしい。一方、小松崎は、大きくてよくとおる声だ。

今朝、レストランで加奈子と圭吾をまじえて、小松崎に小声でしゃべらせる練習をした。しかし、何度繰り返しても、小松崎の地声が出てうまくいかなかった。

最後、時間もなくなってきたところで、冬木の思いつきで、息を吐くようにして話してみたらどうかとアドバイスをしたら、ようやくそれらしくなった。

「きょうは……おこしいただき……あ、り、がとう……ご、ざいます」

親せきが寺に到着するたびに、ゴムマスクの小松崎が頭を下げた。親せきたちはその姿を見ても驚いた様子はなかった。葬儀ですでに耐性はできているようだ。

法要の出席者は全部で十名だった。朝井家からは、加奈子、圭吾、そして幸男に扮する小松崎の三名。香織は用事があるとかで欠席だった。次郎の三人のきょうだいは全員出席していた。兄の正太郎《しょうたろう》、姉の篤子《あつこ》、妹の真理子《まりこ》である。あとは、正太郎の娘夫婦と真理子の夫が出席しており、親せき筋は六名となった。

残る一名は当然、冬木だ。ただ、親せきたちには、相続の相談を受けていて、とはいえないので、希望の館の〝卒業生代表〟という名目にして出席することにした。

加奈子と圭吾は緊張した表情を崩さなかった。はたから見れば、神妙な面持ちに見えているだろうが、実際は、ゴムマスクの正体がバレないかの不安によるものだろう。

時間となり、現覚が本堂に現れた。

鐘の音とともに法要が始まった。冬木は二列目の端から、小松崎を見守った。マスク姿の小松崎は背筋を伸ばして、手を合わせている。

法要は三十分ほどで終わり、最後に現覚から説法があった。

「今日は三七日の法要でした。法要は、四十九日までの間、七日ごとに行うのが習わしですが、それぞれの法要には意味があります。たとえば、この三七日の法要は、現世の不貞行為の罪への裁きを軽くするためのものです。遺族が法要を行うことで、亡くなった方の罪が軽くなっていくのです――」

その後、朝井家の人々は会食のために、別の部屋へと移動した。

法要中に照葉とハナが御膳《ごぜん》を並べたので、準備は整っていた。御膳の内容は、肉魚を使わない精進料理である。

現覚による「いただきます」の発声で、会食が始まった。冬木は端の席で大人しく料理を食べていた。料理の出来は、見栄え、味ともさすが風雅といえるものだった。

たとえば、紅しょうがとわかめの薄衣揚げは、適度に塩味が効いていて、かつ歯触りもさくっとしている。粟麩《あわぶ》木の芽みそ田楽は、割烹《かっぽう》の料理ではないかと思うほど、見た目も凝っている。

料理がおいしいこともあってか、会食の雰囲気は悪くなかった。皆、楽しそうに話をしている。

加奈子と圭吾は、席を立って、親せきたちにビールを注いでいた。マスク姿の小松崎は席を立つこともなく、黙々と料理を食べている。

上座の現覚は、「どうぞ、ごゆっくり」といって早々に部屋を出て行った。

初老の男性が小松崎のところへ酌をしに行った。男性は正太郎の義理の息子で、皆からタツオさんと呼ばれていた。すでにできあがっているタツオは、小松崎を相手に愛想よく話すが、小松崎のほうは小さくうなずくだけだった。

加奈子は心配なのか、小松崎にちらちらと目を配っている。小松崎は、あごの下あたりをときどき手で拭《ぬぐ》うようになった。よく見ると、汗が滴っている。マスクの下が蒸れて汗だくなのかもしれない。

タツオが自分の席に戻ると、待っていたかのように小松崎が立ち上がった。手洗いなのか部屋を出て行った。少しだけ足がおぼつかない様子だ。マスクをしているので表情はわからないが、野性的な風貌《ふうぼう》の割に、酒は弱いのかもしれない。

小松崎が部屋からいなくなると、それまで穏やかな笑みを浮かべていた伯母《おば》の篤子が、「ちょっと、加奈子さん！」と顔をしかめて声を張り上げた。

「幸男ちゃん、大丈夫なの？　葬儀のときよりも、調子が悪そうじゃない。声も出せないなんて」

「いいえ、兄は大丈夫です」

「無理して三七日の法要なんてやらなきゃよかったんじゃないの？」

篤子は、この一言が、いいたかったのだろう。

「ご心配ありがとうございます。でも、こうして外に出るほうが兄のためになるので」

「そう？　なら、いいんだけど」

幸男の話はそこで終わり、世間話に移った。加奈子の顔にも安堵《あんど》の色がにじんでいる。

そのとき、襖《ふすま》がガタンと音をたてた。部屋に入ってきたのは正太郎だった。

様子がおかしかった。体は震えているし顔色も悪い。

「兄さん、具合でも悪いの？」

妹の真理子が腰を上げて正太郎に近づいていく。姉の篤子とは正反対で穏やかな雰囲気の女性だ。

正太郎は自分の席に戻らず、畳の上でゆるゆるとひざをついた。口を半開きにして、ああ、と声を出している。

「どうしたの、兄さん。大丈夫？」

「見たんだ……幽霊を」

「幽霊？」

正太郎のうしろの開いたままの襖から、大きな人影がぬっと入ってきた。

ゴムマスク姿の小松崎だった。

「ひいい」

振り返った正太郎が腰を抜かしたように、後ろ手をついて小松崎を見上げた。

何があった――。冬木の頭のなかで赤いランプがまわり始めた。

小松崎は、正太郎の様子を気にすることもなく、自分の席で腰を下ろした。

「そ、そいつは」正太郎がゴムマスクの小松崎を指さした。「幸男じゃないっ」

「ええっ」といくつもの声が同時に上がった。

「さっき便所で見たんだ。マスクをとって顔の汗を拭《ふ》いているところを。その男は――」

正太郎が唾《つば》を飛ばして吠《ほ》えた。「次郎だっ」

「兄さん。そんなこと、あるわけないでしょう」と真理子がなだめる。

「いや、俺はこの目で見た。しかも、若返っていた。こいつは、幽霊だ！」

およそ察しがついた。正太郎は、便所でマスクを外していた小松崎と遭遇した。次郎によく似ている小松崎を見て、亡くなった次郎だと勘違いしたのだ。

「そんなこと、あるわけないでしょう」

「そうよ。三週間前に火葬場で送ったじゃないの」

妹たちの声に、正太郎が首を強く横に振った。

「いいや、こいつは幸男じゃない。次郎だ！」

正太郎の鬼気迫る様子に、皆の視線が自然とゴムマスクに集まった。

皆の視線を受け止めたゴムマスクの下の大きな瞳《ひとみ》が、ギョロ、ギョロと動いた。

「ねえ……」篤子が胸を上下させた。「あなた、幸男ちゃんよねえ」

ゴムマスクの奥の瞳が突然真っ黒になった。目を閉じたようだ。

静けさが訪れた。

その刹那《せつな》、パッと目が開いた。

「ヒ、ヒ、ヒ、ヒ、ヒー」

ゴムマスクは、白い歯をむき出して甲高い笑い声をあげた。

おおー、とその場の全員がのけぞった。

「次郎っ、ふざけるな。マスクを脱いで、顔を見せろっ」と正太郎が叫ぶ。

すると、マスクの下の目が、またもギョロ、ギョロと左右に動いた。

「そんなに……みたいですか……」

ゴムマスクの隣に座る加奈子が「だめ、だめ」と小声で訴えている。

――小松崎を止めないと。せっかくの計画がこれではぶち壊しだ。

冬木は畳の上を四つん這《ば》いで動いて小松崎に近づいた。

名前を呼ぶわけにもいかず、「幸男さん」と声をかけた。

マスクの小松崎と目が合った。

「さけをのんだら……あつくなってきて……がまんができない……」

「じゃあ、このまま部屋を出ましょう」

何があっても顔をさらしてはいけない。小松崎を部屋の外に連れ出そうと思った。だが――。

「おい、あんた。施設の卒業生だっけ?」

タツオが立ちはだかった。かなり酔っているのか、上半身がゆらゆらと揺れている。

「これは朝井家の問題だ。ちょっとおとなしくしててくれ」

「でも、幸男さんは気分が悪いようなので」

赤ら顔のタツオがにやりと笑った。

「なら、ここでマスクをとってから、いけばいいじゃねえか」

「幸男さんは、みなさんの前では、顔を見せたくないと」

「そんなこと、ねえだろ。ほれ、見ろよ」

小松崎はあごのあたりに手をかけていた。マスクから、ぼたぼたと汗が落ちている。

「それほど、みたいのなら……」

笑ったのか、マスクの口元がゆがんだ。

「お、みせしましょう」

「お願い、やめて」と加奈子が叫ぶ。

しかし、その声を無視して、小松崎が顔面の皮をめくるように手を引き上げた。

マスクの下からあごの先端が見えると、誰かが「ひえっ」と短い悲鳴を上げた。

加奈子が小松崎の腕をつかむ。「やめてっ。圭吾、あなたも手伝って」

「う、うん」

圭吾も小松崎の腕をつかんで止めようとした。だが、もう遅かった。

「ぬおおおおお」

ゴムマスクがさらに引き上げられていく。

それにあわせて「ひえええええ」といくつもの叫び声が重なる。

ひげで覆われたあご、口、鼻、目と順々にさらされていく。

マスクが外れた。

汗まみれの顔、ぎらぎらした目、笑みをたたえた口元。

「出たー」「、「本当に、兄さんよっ」恐怖と驚きの声が部屋のなかを交錯した。

しかし——。

「いや、違うぞ」

声を遮ったのは、タツオだった。

「こいつは次郎さんじゃない。似ているけど、ちょっと違う。次郎さんのあごはもうちょっとすっとしていた。こいつは次郎さんよりもエラが張ってる」

「そういわれりゃ、そうかもしれない」

「なんだか、眉《まゆ》の形も少し違うような気がするわ」

「ほんとだ、たしかに違うぞ」

次郎ではないとわかると、今度は一転して、皆、強気の姿勢に転じた。

「おいっ、おまえは、誰なんだ」正太郎が強い口調で尋ねた。

小松崎はこたえようとしなかった。そのかわり、

「この人は——」加奈子がうつむいたまま、いった。「小松崎さんといって、父が母と

は別の女性との間に作った子供です」

「それって隠し子か！」

正太郎の声が合図であるかのように、親せきたちがざわめきだした。

――もう全部、パアだ。

「冬木さん、どうしましょうか」

いつのまにか横にいた圭吾は、弱りきった顔をしている。

小松崎と加奈子はというと、二人とも観念したかのように、ぼうっとしている。

――とにかく、ここを修羅場にしてはいけない。

次の一手を考えるも、妙案は浮かんでこない。こういう場合は、当たり前のことを、当たり前にやるしかない。

冬木は小松崎に近づいて、耳元でささやいた。

「小松崎さん、とりあえず、皆さんに自己紹介をしてください」

「お、おう。わかった」

小松崎が立ち上がると、ざわめきが、ぱたっと収まった。

「えー、小松崎博行です」

それだけだった。小松崎に話しかける者もいなかった。そのかわり――。

篤子が「加奈子さんっ」といって立ち上がった。

「幸男ちゃんはどうしたのよ。もしかして、この前の葬儀のときも、あれは幸男ちゃんじゃなかったってこと？」

「いいえ、あのときは兄さんでした」

「じゃあ、どうして今日はいないの？　中身を入れ替えて、しかも隠し子を使うなんて、何考えてるの？」

何もいえない加奈子は眉を寄せてうつむいた。かわりに圭吾が「騙《だま》すつもりはなかったんですが、兄さんは体調不良で」と取り繕うも、

「それなら、別の日にすればよかったじゃない！」

「いや、それは……」

アドリブに弱い圭吾は、それ以上の言葉が続かない。

「急に三七日の法要をやるとか連絡があって、それで来てみたら、幸男さんがいないって、おかしな話じゃない」

「わかった。もしかして、あれか」

タツオが人さし指を立てて、にやにやしている。

「さっき、法要のとき住職がいってたよな。三七日は、不貞を働いた罪の裁きの場だって。だから、隠し子を呼んで、三七日の法要をやりたかったってことか」

「いいえ、そんなつもりで法要をしたわけではありません」

顔を上げた加奈子が即座に否定する。もちろん冬木にもそんな意図はなかった。都合のいい日が今日だっただけのことだ。

「ねえ、加奈子さんっ」

篤子の声が勢いを増していく。「私は納得できないわ。幸男ちゃんが喪主じゃない理由を説明して。こっそり隠し子を喪主にするなんて、どういうつもりで今日はこの会を催したのよ！」

冬木は、加奈子ではなく小松崎に視線を向けた。もしここらあたりで小松崎が親せきたちに挑発的な言葉でも吐けば、この場は収拾がつかなくなり、まさに修羅場と化すだろう。

だが、小松崎は不気味なほど静かだった。自己紹介のあと、一言も発していない。爆発前の静けさか？　頼む、このままこらえてくれ。冬木は心のなかで願った。

気がつくと、篤子がまくしたてた言葉の余韻を残したまま、その場には妙な静けさが漂っていた。

「篤子伯母《おば》様」加奈子が口を開いた。

「なによ」

「替え玉のような真似をしたのは、謝ります。でも、朝井次郎の長男は、歳が一番上の、小松崎さんになります」

「なんですって」

加奈子は篤子をぐっと見上げた。その瞳には迷いも揺らぎもなかった。

「父は小松崎さんのことを認知しています。ですので、れっきとした喪主です」

しばしの間、加奈子と篤子は視線をぶつけ合った。

「……あら、そう」

篤子は腰を下ろして、暑くもないのにハンカチをパタパタと動かした。

その後は、静かな会食となった。会食の締めに、小松崎が挨拶《あいさつ》をした。自身が隠し子であることを話すわけでもなく、集まってくれた方への感謝の気持ちを述べるにとどめていた。喪主らしい、いい挨拶の言葉だと冬木は感心した。

会が終わり、本堂の前で靴を履き替えようとしていた小松崎に、冬木は近づいた。

「お疲れさまでした」

「うん」小松崎が首を左右に動かしながら、ネクタイを緩めた。

「次の遺産分割協議はいつやるんだ？」

「来週末あたりに、うちのレストランで行いたいと考えています」

「そりゃ、楽しみだ。レストランの料理、俺は気に入ってるんだ。今日の御膳《ごぜん》もそうだろ？」

「はい、ありがとうございます」

「だからって、遺産分割は手加減なしだからな」

小松崎の太い眉が上下に動いた。

冬木は、思わず、「小松崎さん。もしかしてお金が必要なんですか」と尋ねた。

「当たり前のことを訊《き》かないでくれ。金を必要としない人間なんていないだろ」

「そうですよね」とあいづちを打つ。やはり金か。

「それにしても、さっきはよく我慢しておられましたね」

「我慢？」

「親せきから替え玉のことで非難の声があがったでしょう。あのときですよ」

「ああ、あれな」

小松崎があいまいな顔をした。「我慢したわけじゃないんだ。声が出なかっただけだ」

「え、そうなんですか」

冗談をいっているわけではないようだ。その口調からもわかる。

「昔から、そうなんだ」

小松崎が苦いものを飲み込んだような顔をした。「面と向かって、おまえは隠し子だっていわれると、なぜか下半身に力が入らなくなって、言葉が出なくなる」

「そうなんですか……」

「ま、どうでもいいことだけどな。じゃあ、帰るぜ」

小松崎の大きな背中を見送った。

圭吾も、これから店舗の棚卸しがあるといって、忙しそうに帰っていった。

寺に戻ると、会食の部屋からは、まだ声が聞こえてきた。加奈子は帰ろうとしない親せきたちに囲まれて、小松崎や幸男のことを訊かれているのだろう。

部屋に入るのもためらわれて廊下にいると、現覚が通りがかった。

「なんだか番外編があったらしいじゃないか。こっちにまで聞こえてきたよ」

現覚はそのまま通り過ぎるのかと思ったが、立ち止まって冬木のことを見ている。

「どうかなさいましたか」

「メッセージを出してくれたことはあったのかい」

一瞬、なんのことかわからなかった。

「わしのこと、知っているんだろ」

——なんだ、そっちも気づいていたのか。しかし、どうして……。

冬木が、けげんそうな顔をしていると、

「照葉さんから聞いてね」

「そうですか……。ラジオ、いつも楽しみにしていました」

「嬉《うれ》しいね。こんなジジイの声を聞いて、そんなことをいってくれるなんて。なんでも、レストランで相続の相談を受けているんだって？」

「はい」

「徳を積んでいるね、感心だ」

「照葉さんから、相続に詳しいなら、店の売りにしたいといわれまして」

「火石《ひいし》さんがあんたに、あのレストランへ行けっていったのは、そのためだったんだろ」

——そうだったのか。知らなかった。

火石というのは、冬木が服役していた加賀刑務所にいた刑務官だ。料理人を希望していた冬木に、火石は、話を通してあるからテリハへ行くようにといった。

しかし、そこには風雅という素晴らしい料理人がいた。おそらく、情報伝達の過程で、何かしらの手違いがあったのだと思っていた。

だが、どうやらそうではなかった。照葉は、相続の知識に強いウェイターを欲していた。火石は、その要望に応《こた》えるべく、冬木にテリハへ行けといったのだ。

冬木がそんなことを考えていると、
現覚が「今のは、いっちゃ、まずかったのかな」と首を前に伸ばすしぐさをした。

「いいえ、もういいんです。それより、服役中、僕は住職の説法に救われました」

「おお、そうかい」現覚が破顔する。「なら、せっかくだし、今日も話をひとつしようかな。さあ、こっちについてきなさい」

現覚が勝手に歩き出す。冬木もあとについていくしかなかった。

廊下の奥の小部屋に通された。現覚は、おういと母屋に声をかけ、誰かに茶の準備を頼んでいる。

「実は、相続というのは、仏教用語なんじゃよ――」

冬木は、それからしばらくの間、ありがたい説法を聞かされることになった。

現覚の説法が終わり、廊下に出ると、親せきたちの見送りを終えた加奈子と出くわした。ようやく解放された加奈子はひどく疲れた顔をしていた。

「小松崎さんは？」

「すぐにお帰りになられました」

「そうですか。あの人、まさか、自分からマスクを脱ぐなんて」

「でも、加奈子さん、うまくあの場をおさめましたね」

「自分でもどうしてあんなことといったのか……。とにかく、これでよかったんですよね」

冬木はただうなずいた。帰り際、小松崎が、遺産分割は手加減なしだといっていたことは伝えなかった。

「冬木さん、兄のことですが」

「なんでしょう」

「警察に捜索願を出してみようかと思います」

「えっ、本気ですか」

「はい。兄が急にいなくなって、どうして私ばかりこんなに苦労しているんだろうって。そう思うと、なんだか腹が立ってきちゃって。二千万円のことにしても、兄は父のためだっていってましたが、やはり勝手に使ってほしくないと思いますし……」

加奈子が、ほつれた髪を後ろに流した。

「近いうちに警察に相談に行きたいと思います。冬木さんさえよければ、一緒に行っていただけませんか」

警察がすぐに動いてくれるかどうかは別として、幸男が持ち出した金を取り戻すには捜索願も、ひとつの方法であることはたしかだ。

「わかりました。では、行くときは、連絡してください」

しかし、結局、加奈子が警察へ捜索願を出すことはなかった。

〈今ほど、警察から連絡があって、兄がみつかりました〉

法要の翌朝、仕事へ行く準備をしている冬木のもとへ加奈子から電話がかかってきた。

「よかったですね。二千万円のほうは」

〈それも無事でした。ただ……〉

その声に安堵《あんど》は感じられず、むしろ、不安を帯びているのが伝わってきたのだった。

12

冬木の運転する軽ワゴンは、時速七十キロを超えたあたりで、車体がガタガタ揺れ始めた。

車は金沢と能登《のと》を結ぶ自動車専用道、のと里山海道《さとやまかいどう》を北へと向かっていた。ノンストップで走らせれば、二時間強で目的地の輪島《わじま》市内へと到着する予定である。

「乗り心地、よくないですけど、大丈夫ですか」助手席の加奈子をちらりと見やった。

加奈子は「ええ」と短く答えた。その横顔には不安の色が貼りついている。

幸男が見つかったのはよかったが、警察から心配な情報ももたらされた。幸男は事故に遭い、輪島市内の総合病院に入院していた。しかも、頭を強く打っており、意識は戻っていないという。

事故が起きたのは、昨日の午後三時ごろ。なのに、連絡が翌日になったのは、連絡先を把握できなかったためだ。幸男の運転免許証から、東山の実家を突き止めたまではよかったが、誰も住んでいないので連絡が取れなかった。幸男の実際の住まいは希望の館で、警察はそのことをすぐに把握できなかった。

結局、今朝になって、輪島署は東山交番に依頼し、警官が実家周辺に聞き込みをした。そこで近所の人から加奈子の電話番号を聞き、連絡がとれたというわけである。

加奈子は、すぐに能登半島の北部にある輪島市へ向かおうとした。動揺している加奈子を運転させないほうがいいと冬木は思ったが、弟の圭吾とは連絡が取れない。それで、冬木がレストランの軽自動車で加奈子を連れて輪島へ向かった。

自動車専用道路の左側には白い海岸線が続いている。このあたりは、普通の乗用車が乗り入れてもスタックしない日本でも有数の砂地が広がる海岸だった。

冬木は運転しながら考えた。幸男は、なぜ輪島市にいたのだろうか。そこで何をしていたのか。幸男が輪島にいたことに何か心当たりはないかと加奈子に訊《き》いたが、加奈子はさっぱり思いつかないとこたえた。

海岸が視界から消えた。山間《やまあい》のアップダウンのある道をしばらく進む。のと里山海道の終点を過ぎて、さらに三十分ほど走ると、輪島市内に入った。

輪島市は人口二万数千人の小さな街だ。幸男が入院している病院は、古い住宅が平らに広がる周囲のなかで大きな要塞《ようさい》のようにそびえていた。

病院の受付で名前を告げて、三階の集中治療室へ足早に向かった。エレベーターを降りると、治療室の前の廊下にスーツの男が一人いた。

男がさっと立ち上がった。背は高くないが、胴体が厚い。

「輪島警察署の高田《たかだ》です」

高田が警察手帳を見せた。冬木は、手帳の『高田祐一郎《ゆういちろう》』の表示を確かめた。

「朝井幸男の妹の、加奈子と申します」

「僕は、加奈子さんの付き添いで、冬木といいます」

高田は、さして冬木のことを気に留める様子もなく、会釈を返した。

「幸男さんの意識は戻っていません。集中治療室には少しだけ入る許可を得ています」

中年の女性看護師に先導されて、冬木と加奈子は高田とともに治療室に入った。頭に包帯を巻いた幸男がベッドで眠っていた。包帯は痛々しいが、顔だけ見ると、ただ眠っているようにしか見えない。

長く人前にさらしていなかったというその顔をまじまじと見る。当人は、鼻の大きさを気にしていたというが、さして特徴のない顔だった。

数分でその場を離れて、診察室で医師から説明を聞いた。頭を強く打っているが、脳内出血は認められない。意識さえ戻れば、命に別状はないという。

高田が「部屋を借りてありますので」というので、あとをついていく。

誰もいない当直室に入った。テーブルと椅子があり、三人は腰を下ろした。

「兄に何があったのですか」

「輪島市の西のほうに、門前《もんぜん》という町があります。だいぶ過疎が進んでいるところでして、山沿いには小さな集落がいくつもあります。幸男さんは、そこで一人暮らしの高齢女性の家を訪れていました。その女性から警察に、一一〇番通報がありまして」

「兄はそこで何を」

「そのあたりはまだよくわからないのですが、通報した女性は特殊詐欺じゃないかと疑ったらしいです」

「特殊詐欺?」加奈子が目を見開く。

「幸男さんが訪れていたのは、一人暮らしの高齢者が多い地域なんです。最近は電話だけではなく、訪問型の詐欺を狙っているのではと思われる連中もときどき現れるとかで」

高田がわずかに険しい表情をした。

「警察としては高齢者に注意を促す活動を頻繁に行っています。それもあってか、最近の高齢者は少しでも気になることがあると、すぐに警察へ連絡してくるんです。なかにはそんなことくらいで通報するのかってのも正直ありますが、だまされるよりはいいと我々も思っています」

「兄は、その高齢の女性をだまそうとしていたのでしょうか」

「そこがわからないんです。女性の話では、家を訪れる前日に電話もかかってきたらしく、これは怪しいと思って通報したというのです。しかし、周辺で聞き込みした限りでは、ほかの一人暮らしの家には似たような電話はかかってきていないようです。普通、詐欺のターゲットになると同じ地域に集中して電話がかかってきたりするものなのですが。幸男さんがほかの家を訪れていたという話もないようですし。つかぬことを訊きますが、幸男さんは門前町に何かご縁はありましたか」

「兄も、朝井家も門前町に縁があるという話は聞いたことがありません。親せきもいませんし」

「そうですか。あとは……電話でもお伝えしましたが、幸男さんの所持品を確かめさせてもらいました」

高田が急に射るような目つきになった。「車のなかに、二千万円の現金と土地の権利証がありました」

権利証は、おそらく希望の館のものだろう。

「幸男さんが、どうして二千万円もの大金や土地の権利証を持っていたのか、何か心当たりはございませんか」

高田は、犯罪がらみの可能性を考えている。二千万円を犯罪に関連する金、おそらく、詐欺で得た金ではないかと疑っているのだろう。

加奈子は、どう説明してもいいのか決めかねて、あいまいな表情をしている。

警察の捜査には隠し事をせずに協力したほうがいい。あとあと話すと心象が悪い。

「加奈子さん、話してしまったほうが」冬木は加奈子を促した。

「……そうですね」

加奈子は高田に、父次郎の死に始まって、連帯保証のこと、次郎名義の二千万円の定期預金のこと、そして幸男が失踪《しっそう》していたことを順に話していった。

高田は興味深そうに話を聞きながら、手帳の上でペンを動かし続けた。

「でも、どうして輪島へ向かったのでしょうかね」

「それは私も、何も思いつきません」

高田は、次郎だけではなく朝井家の家族についてもいろいろと尋ねた。

一時間ほどかかって質問攻めがようやく終わり、高田が手帳を閉じた。

時計を見ると午後一時半だった。冬木と加奈子は、高田に食事に行くといって病院内の食堂へ移動した。カフェテリア形式の食堂の利用客は、まばらだった。冬木はてんぷらうどんを注文した。加奈子は、食欲がないからとお茶しか飲まなかった。

「兄が詐欺の犯人だなんて信じられません」

「まだそう決まったわけではないです。警察の了解を取らないといけませんが、通報した高齢者のところへ行って、直接、話を聞いてみませんか。何かわかるかもしれません」

「警察は、いいといってくれますかね」

「お詫《わ》びにうかがいたいといえば、警察もだめとはいわないでしょう」

「では、さっきの刑事さんに話してみます」

食堂を出て、集中治療室の前にいた高田のところへ行った。高齢者宅へ謝罪に行きたいと話すと、高田はしばし考えるような顔つきをしたが、「先方に確認してみます」といって、その場所を離れた。

高田はすぐに戻ってきた。

「先方は会ってもいいといっています。住所と名前です」

ちぎった手帳の一片を加奈子は受け取った。

名前は与三野《よさの》キヨ。住所は輪島市門前町――。

車で与三野キヨの家に向かった。

カーナビの表示では、距離は十四キロほどで、到着時間は二十分後だった。

高田はついてこなかった。幸男から離れるなと指示を受けているのかもしれない。

途中、目についた和菓子店に入って、加奈子が菓子折りを買った。

運転しながら、幸男から電話があったときのことを思い出していた。

――これは、父さんのお金だ。

――悪いが、二千万円のことはあきらめてくれ。

あの声にはどこか緊張感が漂っていた。悪意はなかったようにも思える。

だが、詐欺を働こうとしていた可能性も、ないとはいえない。高額の現金や土地の権利証をだます相手に見せて、信用させようとしたとも考えられる。

カーナビに従って、主要道路から細い道に折れると、木々に囲まれた狭い道に入り込んだ。進むにつれ、対向車とすれ違いができないほど狭くなっていく。不安になってカーナビを見ると、表示上は道のないところを走っていた。

蛇行する道を走っていると、瓦《かわら》屋根の古い家々が視界に入ってきた。田んぼと林に囲まれて家が点在している。カーナビも復活した。

集落の一番奥の小高くなっているところに、与三野キヨの家はあった。

黒々とした瓦屋根の大きな家だった。ただし、家自体はかなり古い。昭和の中期くらいに建てられたものだろう。

家の前の広い場所で車を停めて、外に出た。

玄関のブザーを押したが、壊れているのか反応がなかった。

建付けの悪い戸を開けると、一瞬、なかが真っ暗に見えた。奥行きのある廊下は光が差し込まず、目が慣れてもひどく薄暗かった。

「ごめんください」と加奈子が大声を出した。

暗闇の奥で何かが動いた。急に浮かび上がったかのように、音もなく人影が現れた。

背中の丸くなった老婆だった。

与三野キヨは、足音らしい足音も立てずにたたきのところまで近づいてきた。

高田から聞いた話では、キヨは八十代後半。動きはゆっくりだが、丸くて血色のいい顔をしていた。しわもさほど多くない。

「朝井加奈子と申します。昨日、ここにお邪魔した朝井幸男の妹です。ご迷惑をおかけして申し訳ございませんでした」

菓子折りを差し出すと、キヨは無言で受け取った。

「兄は、与三野さんにどんな話をしていたのでしょうか」

キヨはすぐには何もこたえなかった。値踏みするような目で加奈子を見ている。

数秒経って、キヨの口が開いた。

「金を……二千万円を渡すから、紙に名前を書いてほしいといわれたよ」

「紙？　なんの紙でしょうか」

「そこがねえ。よくわからなくてねえ」

キヨの声が急に大きくなった。「土地の権利証を見せられて、何かいってたけど、そのときは、例の詐欺じゃないかって疑ってたから、まともに話を聞いていなくてね」

「つかぬことをお訊《き》きするのですが、兄の顔はご覧になりましたか」

「顔？　見たよ。見たけど、手で鼻のあたりを隠すような仕草を何度もしていたね。それより、あんたの兄さん、話がへたくそでね。なかなか要領を得なかったんだよ。あんなたどたどしい説明じゃあ、詐欺をやろうとしても誰も引っかからないよ」

「いえ、詐欺かどうかは……」

「いきなり現れて二千万円を渡すっていわれて受け取る年寄りはいないよ。私だってね、体にはガタが来てるけど、頭はまだしゃきっとしているつもりだから。ハンコを持ってくると伝えて、部屋に戻って警察へ通報したんだよ」

キヨは警戒心が薄れたのか、次第に饒舌《じょうぜつ》になっていく。

「すぐにパトカーのサイレンの音が聞こえてきてね。このあたりはね、遠くからでも音がよく聞こえるんだよ。私、いってやったんだよ。騙《だま》されないからねって。そしたら、あんたの兄さん、急におびえた顔をしてね。慌てて車で逃げていったよ」

キヨの顔が上気した。悪い人間を追い払って意気揚々としている、そんな感じだ。

「そのあと、事故に遭ったって聞いたけど、私のせいじゃないから、恨まないでね」

病院で高田から聞いた話によれば、幸男はキヨの住んでいる集落を出て主要道に戻る際、大型トラックと接触して、その勢いでガードレールにぶつかったという。

その後もキヨの話は続いたが、ビデオを巻き戻したように同じ内容を繰り返した。潮時だと思った。加奈子も同じことを思っていたらしい。もう一度、丁寧な謝罪をして、キヨの家をあとにした。

二人を乗せた車は、緩い坂を下りながら、トンネルのような林を通り抜けていく。

「与三野さんの話を聞いても、兄の目的が思いつきませんでした。兄は何をしようとしていたのでしょうか。」

冬木も同じことを考えていた。

幸男の保持していた土地の権利証は、希望の館の敷地のものだ。幸男は、朝井次郎名義の権利証を与三野キヨに見せ、二千万円を渡すから持参した書面に一筆書けと迫った。

――書面でぱっと思いつくのは、売買契約書くらいだが。

二千万円と土地を渡すから契約書に署名してくれ。これはどう考えてもありえない。普通は、二千万円を払って土地を買いたいので契約書に署名してくれ、だろう。ところが、土地は次郎のもの。どうして二千万円を持っていく必要があったのか……。

「冬木さん、圭吾から連絡が来ました」

加奈子がスマホを見ている。「今、車でこっちに向かっているようです」

「なら、よかったですね」

「これで冬木さんに頼らなくても何とかなると思います」

移動手段のない加奈子のためにも、もう少しここにいるつもりだったが、圭吾が来るというなら、移動には困らないだろう。

「では、僕はとりあえず金沢に戻ります。もし何かあればいつでも連絡してください」

加奈子を病院まで送り届けた冬木は、のと里山海道に向かった。

与三野キヨから聞いた話を、もう一度、思い出していた。

やはり気になるのは幸男が署名を迫ったという書類だ。しかし、キヨの手元にはなく、警察の見分でもそれらしきものはどこにも見当たらなかったという。

広々とした主要道を走り続けた。視界に広がるのは田んぼと畑ばかりだ。ただ、なかには数年植え付けが行われず、雑草が伸び切っているのも目につく。相続がうまくいっていないのか。あるいは、土地を受け継ぐ人間がいないのか。

そんなことを考えていると、税理士だったころの記憶がよみがえった。相続した土地を知らない人間が勝手に使っている、どうしたらいいかと相談を受けた。あのときは不法占拠だったことがわかり、占拠者が金を払うことに同意して土地を売却したのだった。

不法占拠……土地の売却……。冬木は「ひょっとして」と呟《つぶや》いた。

——どうする？　今から調べてみるか。

時計を見ると午後三時ちょうど。時間はぎりぎりだ。明日にする手もあるが、早いに越したことはない。

これから金沢までノンストップのドライブになるので、コンビニに立ち寄って、ブラックコーヒーを買った。テリハにも連絡を入れておくことにした。

店に電話をかけると、ハナではなく、珍しく風雅が出た。

「今から戻る。ただ、ちょっと寄りたいところがあるから少し遅くなると思う」

〈了解。そっちはもういいの？〉

時間がないので、高田やキヨから聞いた話を手短に聞かせた。

〈もしかして、立ち寄るところって、法務局？〉

風雅は冬木の考えに気づいたようだ。法務局で登記簿を見れば所有者はわかる。

希望の館の敷地の所有者は、朝井次郎ではなく実は与三野キヨ。幸男はあの土地を正式に手に入れるため、代金を支払い、売買契約を結ぼうとした。冬木はそう考えた。

〈今からだと、時間、ぎりぎりじゃない？〉

法務局の業務取扱時間は午後五時十五分までだ。あと二時間しかない。

〈なんなら俺が行こうか？〉

「え、いいのか。ありがたいけど、レストランはどうするんだ」

〈あれ？　冬木さんには伝わってなかった？　今日は休みだよ〉

レストランは不定休だが、月曜日が休みになることが多かった。

「風雅はどうして店にいるんだ？」

〈明日の仕込みと料理の研究〉

この男、根っから料理が好きらしい。

〈それより、どうする？　時間ないんでしょ〉

「とりあえず、今から向かう。一応、五時に法務局の前で待ち合わせにしないか」

〈いいよ。冬木さんが間に合わないなら、俺一人で見ておくよ〉

「そのときは頼む」

道は空《す》いていたので、結局、予定の五時よりも早く金沢市内に戻ることができた。

法務局は、金沢駅から車で十分ほどのところにある、合同庁舎の一階だ。

風雅は庁舎の玄関前に立っていた。ファーつきのレザーのブルゾンに、カーキの細身のワークパンツといういで立ちである。

受付で番号札を受け取った。業務時間は終わり近いが、人の出入りが絶えない。

すぐに受付番号を呼ばれた。カウンターに向かい、登記を閲覧する用紙を出した。

間を置かず、担当官から希望の館の敷地の登記簿を渡された。

土地の所有者は朝井次郎――。

予想は外れた。だが、ほっとしたのも事実だ。もしも、土地が次郎のものじゃなかったら、いろいろとやっかいなことになったかもしれない。

冬木が安心していると、風雅が担当官に「すみません」と声をかけた。

「この土地の閉鎖登記簿を閲覧したいのですが」

「では、ここに必要な事項を記入してください」

風雅が必要事項を記入して返すと、担当官は奥の書庫へ入っていった。

「これだけじゃ調べたことにならないよ」

そういって風雅が少しだけ眉《まゆ》を上げた。

現在、すべての登記簿は電子化されている。しかし、それは現状の記録でしかない。昔の不動産の権利関係を見るためには、閉鎖登記簿と呼ばれる古い登記簿を見なくてはいけない。風雅はそれが気になるらしい。

担当官が年季の入ったバインダーを持って戻ってきた。バインダーには、地番順に登記簿が綴《と》じてある。古い登記簿は今とは違って、手書きとなっている。

風雅がバインダーのページをめくっていく。古い紙特有のカビと埃《ほこり》の混じった匂いが鼻腔《びこう》に差し込んだ。

風雅はどこか嬉《うれ》しそうだ。二十歳そこそこで司法書士試験に合格したときは、ちょっとした有名人だったらしい。その後、なぜ司法書士を辞めたのか、理由は謎である。

風雅の手が止まった。開いているのは、希望の館の地番のところだ。

電子化前の所有者を見る。朝井次郎。現状の電子版の登記簿と一致している。

次郎の前の所有権者を確かめた。松原良純《まつばらよしずみ》。この松原という人物から、次郎は十九年前に土地を購入している。

その先の所有者をたどっていく。冬木は、小さくあっと声を上げた。

松原の前の所有者は、与三野善治《よしはる》。

名字がキヨと一緒だ。この珍しい名字で偶然とは思えない。

二十六年前、与三野善治から松原へ所有権の移転が行われている。原因は売買だ。

閉鎖登記簿には、古くは昭和四十年代までの記録があるが、その間、善治がずっと土地の所有者となっていた。

所有権を時系列に整理すると、
元々、与三野善治が所有する土地で、
二十六年前、与三野善治から松原良純に土地が売買された。

その七年後の十九年前、松原良純から朝井次郎へ土地が売買された。

風雅は、前後の地番の登記簿にも目を通していた。

ページをめくる手が再び止まった。風雅が登記簿に顔を近づけた。

「どうかしたか」

いったん顔を離したが、一枚めくると、風雅は再び顔を近づけた。

「お、おい。何してるんだ」

「……匂い」

どうやら登記簿の匂いを嗅《か》いでいるようだ。担当官が不思議そうな目でこっちを見ている。

もう一度、風雅は構わずに一枚めくっては匂いを嗅ぎ続けている。

風雅は希望の館の敷地のページを開いて、風雅は大きく息を吸った。あまりにかび臭かったのか、顔を背けて、けほけほと咳《せき》をしている。

「もう、いいや」

担当官に閉鎖登記簿を返して、二人は法務局をあとにした。

「何か気づいたのか」

「まあね。多分、まちがいない」

「何がだ?」

「さっきの閉鎖登記簿」

風雅が薄い笑みを浮かべた。「あれ、ニセモノだよ」

13

法務局からレストランまでの帰り道、車のなかで風雅の推論を聞いた。

その内容は、冬木には到底思いつかないものだった。

「――だから、松原良純って人、おそらく前科があるはずだよ」

風雅の推理を検証するため、さっそくハナにメールを送り調べてもらうことにした。

ハナは、今日一日、休みを利用して、小松崎のことを調べてくれていた。

すぐにハナからメールが返ってきた。

『了解です。調べ終わったら、レストランに向かいます。賄い頼むと風雅に伝えといてください』

冬木と風雅はレストランに戻った。

「今日はいろいろ仕込んだから、豪華だよ」

風雅がいつもとは違って、私服のまま厨房《ちゅうぼう》に入る。十分ほど待つと、カウンターに丼《どんぶり》が置かれた。

湯気を上げて、肉の香ばしい匂いが漂ってくる。飯にのっている具は、鶏《とり》のもも肉、青梗菜《チンゲンサイ》、それとしめじを甘辛いたれで炒《いた》めたものだ。

カウンターには副菜とスープも並んだ。副菜はぶり大根である。具の大根は、この前仕入れた源助だいこんだろう。バックヤードに大量にあるものを、風雅は、日々、煮込んでいる。

「ぶりは昨日のだから、味は十分にしみてるけど、大根は、さっき煮たばかりだから、まだちょっと」

風雅が少しだけ眉を寄せた。一晩、煮つけたものでないと、客には出せないと前にいっていた。その大根を割って口に入れた。十分にうまい。そして、ぶりにも驚いた。かなり煮込んであるはずが、身がしまって煮崩れしていない。

刑務所で炊事係をしていたときに、何度かぶり大根を作ったことがある。その際、味をしみさせたいがためにじっくり煮込むと、どうしてもぶりの身がバラッと崩れてしまうのだった。

「どうやったら、こんな風にできるんだ」

「霜降りだよ」

「え?」

「煮込む前に、一度、熱いお湯をかけておくんだ。それで崩れなくなる」

そのとき、バックヤードのドアが開いた。ハナが「ただいまー」と大声を出しながら現れた。MA—1ジャンパーに白いTシャツ。下は、ベージュのチノパンという格好だ。決して暖かそうな格好ではないが、本人はいたって普通だ。

「調査完了っ」

「おつかれ」と冬木が声をかける。「どうだった」

「楽勝……といいたいところですが」ハナが両眉の端を大げさに下げた。「松原の犯歴を調べるのは、ちょっと手間がかかりました。今は、所轄で前科者リストへのアクセス権があるのは課長以上なので」

「じゃあ、どうやって調べたんだ」

するとハナはニヤッと笑って「そこのところは、ひ、み、つ」とこたえた。

「わかった。それで？」と冬木が促した。「まずは松原のこと、教えてくれ」

「松原には前科がありました」

風雅の予想どおりだ。ハナがメモを取り出した。

「窃盗の常習犯で人生の半分はムショ暮らしでした」

「でした？」

「昨年、服役中に、肝硬変で死亡しています。享年七十二。生きてたころは、窃盗だけじゃなくて、詐欺で末端の仕事を担ったりもしたようですね」

詐欺の末端――。登記簿がニセモノという風雅の推論がまた一歩真実に近づいた。

料理を器に盛りながら話を聞く風雅は、当然とばかりに表情を変えない。

「詐欺の前科があったとしても、松原が真の土地の所有者だった可能性も完全には否定できないんじゃないか」

冬木は抵抗を試みる。しかし――。

「確率でいえばゼロではないよ」風雅がかすかに笑った。「だけど、それは僕の嗅覚《きゅうかく》が間違っていたときだね」

風雅が匂いを間違えるわけがない。つまり松原が真の土地の所有者だった可能性はないということだ。

「はい、ハナさんの分」風雅がカウンターに料理を並べる。

「うおっ。いただきまーす」ハナが丼をかきこんでいく。

一息つくと、ハナが顔を上げた。

「冬木さんから頼まれてた小松崎の件ですが」

ハナが口元についたタレをぺろっとなめる。

「遺言書にあった住所の周辺で聞き込みをしました。近くにクリーニング屋があって、そこの店主がよく話してくれまして」

ハナに促されるままに、店主はしゃべり続けたのだろう。

金沢の南部にある小松崎の住まいは、かなり古い借家だった。長く母親と二人で住んでいたが、母親が病気で亡くなってからも、一人で暮らしているという。

「仕事のほうは、毎朝、六時前には家を出ていくみたいで、その分、夕方は早いらしいです。勤め先までは誰も知らないって話でした」

重機を動かしているといっていた。もしも日雇いなら、勤務先は当然定まっていない。

「借金はあるのか」

ハナは警察を辞める直前は、所轄の生活安全課の刑事だった。当時のネットワークを駆使すれば、気になる人間の信用情報を入手するのは難しいことではない。

「消費者ローンの借金はありませんでした。近所の人から聞いた話では、小松崎が若かったころは、借金取りが家まで来ていたこともあったらしいですが、ここ最近は、そんな輩《やから》を目にすることもないって話でした」

借金は無し――。意外だった。

「ただですね、クリーニング屋で気になることを聞いたんです」

ハナの目が一瞬光った。

「三千万円ほど借金をすることになったと小松崎本人が前に話していたって」

「それは、いつぐらいの話だ」

「古い話じゃないらしいですが、店主も高齢だからはっきりと覚えていないみたいで。ただ、話を聞いたときに、そんな大金、返すあてがあるのかと尋ねたら、小松崎は得意げな顔で、金はないが、これは大勝負なんだといってたとか」

「大勝負？」

住んでいるのがいまだに借家だということなら、住宅ローンを借りたわけではなさそうだ。大勝負――やはりギャンブルだろうか。

レストランの帰り際、テーブルに置いたしわだらけの千円札を思い出した。店を出て誰かと話していたが、パチスロの隠語が聞こえてきた。

貸金業者からの借金がなかったのは、ブラックリストに載っていて、もはや普通の業者だと借りることができないからではないのか。

闇金からの借金が雪だるま式に膨れ上がった。法外な金利を提示されて、返済しても借金がどんどん増えていく。一昔前はよくある話だったが、今もないわけではない。

数千万円単位となれば、利息の返済だけでも相当だ。だから、すべてを相続したいと要求したのか。

「小松崎については以上です」


賄いを食べ終えると、三人はレストランを出て別れた。

普段より早い帰宅となった。今日のように時間に余裕のある日は、なるべく料理や酒の勉強にあてている。酒はレストランで余ったものを持ち帰って飲んで味を覚える。料理のほうは、風雅の様子を思い出して見よう見まねで狭い台所で作ってみる。

だが、今日は朝から動きまわって疲れたせいか、料理をする気力はなかった。

とはいえ、時間は無駄にしたくない性分なので、スマホで食材の知識の習得に励んだ。

ウェイターである以上、最低限、料理と食材の説明ができなくてはいけない。相続の相談でしか力を発揮できないようでは、ウェイターの仕事をきちんとこなしているとはいえないし、そもそもが料理人志望なのだ。

ここ数日で、気になった風雅の料理を思い起こしていた。

なかでも、印象深かったのは、カツを挟んだロールサンドだった。甘めの味付けの濃厚ソースに苦みのある春菊は絶妙だった。

あの金沢春菊も加賀野菜だ。気になって加賀野菜で検索してみると、金沢市のホームページがヒットして、そこに詳しく紹介されていた。役所のホームページだからといってあなどれない。なかなか興味深いことが書いてある。

加賀野菜という名前は、単なるブランド戦略かと思っていたが、そうではなかった。現在認定されている十五種類の野菜には、それぞれ長い歴史があった。生産者にとっての作りやすさ、見栄えのよさのために品種改良が行われていくなかで、昔のままの形で受け継がれて残ってきた野菜だという。

しばらくすると、目の奥に痛みが走りだした。ときどき感じる眼精疲労だ。今日は、日中、長く運転していたせいもあるのかもしれない。

このあたりが限界だと思い、布団に寝そべった。天井を見上げて、朝井家の相続のことを考える。とりあえず、二千万円は見つかった。希望の館の土地には、ちょっとしたいわくがありそうだが、これもおそらくなんとかなる。

連帯保証の六千万円を返済するために、あとできることがあるとしたら——。

頭に浮かんだのは、蜂須京子だった。

本当は連絡を取りたくない相手だ。だが、そういうわけにもいかず、再びスマホを手にして番号を検索してタップした。

　まるで待っていたかのように、すぐに京子が電話に出た。

〈こんな時間に何の用？〉とげのあるセリフの割に、声は柔らかい。

「大事な話がある」

〈楽しい話かしら〉

「実は、相続人が一人増えた」

〈どういうこと？〉京子の声が硬くなった。

　冬木は小松崎のことを話した。

〈……こっちも、そこまでは摑《つか》んでなかったわ。うちの会社もまだまだね〉

　無理もない。唯一の手掛かりは古いアルバムだったのだ。

〈だけど、その相続人、お金に余裕はなさそうね〉

　債権回収を念頭に置いている京子は、小松崎の懐具合が気になるのだろう。

〈話はそれだけ？〉

「ここからが本題だ。六千万円の債務、あれを少しばかり減らしてくれないか」

〈急にそんなこといわれたって困るわ〉

「この際、建前はやめろ。おまえの成功報酬を減らせばなんとかなるだろ。報酬は十五から二十パーの間。最大で一千万円。違うか」

〈さあ、どうかしら〉

京子の声が上ずる。おそらく図星だ。

「五百万でどうだ」

〈債務を五千五百万にしろってこと?〉

「そうだ」

京子が黙った。おそらく頭のなかで電卓をたたいている。

〈三百〉

「じゃあ、それで」

〈待って。ひとつ条件があるわ。明日から一週間以内に話をまとめてくれるなら、よ〉

成功報酬の査定条件には、回収にかかる時間があるにちがいない。

京子からの提案は悪くないと思った。遺産分割の協議を早く終わらせれば、債務が減額される。このことを相続人三人に伝えれば、話に乗ってくるだろう。協議をまとめる追い風にもなりそうだ。

「わかった。五千七百万円だな。相続の件はおまえのいう期限内に何とかする」

〈頼もしいわ。これで交渉成立ね〉

電話の向こうでカチンとライターの金属音がした。

〈ところで、今日はどうしたの? 朝から能登方面に向かったり、あなただけ戻ってきたりと、なんだかバタついてたみたいだけど〉

「よく知ってるな」

　京子は姿こそ見せてはいないが、情報は集めているようだ。代行業者のなかでそういう役割の人間がいるのか、あるいはその手の人間を雇っているのだろう。

「長男が輪島にいたんだ」

〈朝井幸男？　彼は相続とは関係ないでしょう〉

　そこまで調べているのか。だが、当然といえば当然だ。債権者には戸籍謄本を閲覧する権利が法律で保証されている。京子のことだ、相続人の範囲をきっちりと調べ上げたにちがいない。

〈でも、いいこと聞いたわ〉

　いいこと——ある想像が頭をかすめたので、ぶつけてみることにした。

「おまえ、弁護士の野村公敏と接触したのか」

　京子がフフッと笑った。

　野村弁護士は朝井幸男を捜している。京子は朝井次郎の債権回収を任されている。二人の間に、どこかで接点があったとしてもおかしくはない。

「野村弁護士が幸男を捜している目的は何だ？　知っていることがあるなら教えてくれ」

〈どうして教えなきゃいけないの〉

「幸男が輪島にいることを教えた。そのバーターだ」

　京子はすぐには何もこたえなかった。ライターをもてあそんでいるのか金属音が響いてくる。

〈いいわ、教えてあげる。面白いネタだけど、何の役にも立たないわよ〉

「それでもいい。教えてくれ」

〈朝井幸男はね、政治家の隠し子なの〉

「政治家？　本当か、それは」

野村は与党の石川県連の顧問弁護士だったことを思い出した。その線だったのか。

「政治家っていうのは、誰だ」

〈そのくらいは、自分で想像してみなさいよ〉

「政治家なんてごまんといる。わかるわけ、ないだろう」

〈ヒントはあるはずよ。じゃあ、もう切るわね。朝井家の件、期待してるから〉

冬木の返事を待たずに、電話は唐突に切れた。

仕方なく、冬木は銭湯にいく準備をして外に出た。

幸男の実の父親は政治家。ヒントはあるといった。誰だろうか。年齢を考えると、若い政治家ではないだろう。

暗い夜道で、はたと足を停めた。記憶の引き出しがスッと開き、ある名前が出てきた。

――もし、そうだとしたら、どんな目的があったんだ……。

銭湯を早めに切り上げた冬木は、目の痛みをこらえながら、深夜までスマホの画面をタップし続けたのだった。

14

バックヤードのロッカーにスマホを置こうとしたら、小さなランプが点滅していた。画面に触れると短い一文が表示された。——当たりよ。

仕事に行く前に、幸男の父親が誰なのか予想して、京子にメールを送った。今のメールは、その回答だった。

午後二時、ランチタイムのあわただしさが過ぎて、一段落した。

玄関のドアに、いったん『CLOSED』のプレートをぶら下げた。だが、ディナータイムまでずっと休んでいるわけではない。汚れたテーブルクロスを替えたり、足りなくなった備品を買いに行ったりと、何かとやることがある。

ようやく休憩となって、風雅以外の三人はカウンター席に座った。風雅だけは厨房《ちゅうぼう》のなかで、壁に背をもたせている。

照葉がお茶を淹《い》れると、茶葉の甘い匂いがフロアのなかを漂った。

昨晩、いなかった照葉に、登記簿が偽造だという風雅の推論や、ハナが調べた小松崎の多額の借金のことについて、冬木が語って聞かせた。

「なんだか、いろいろなものが一気に見えてきたわねえ」

「実は、まだあるんです。ハナと風雅も聞いてほしい」

冬木は、幸男の父親が誰であるかを、皆に話した。さらに、昨晩、スマホで見つけた情報をもとに、組み立てたストーリーも披露した。

「もし、そうなら、運が悪かったとしかいいようがないですね」

ハナが同情的な顔をした。

「結局は、希望の館か」と風雅がつぶやく。

「あとは、幸男氏本人からいくつか確認できれば、全容がつかめると思う」

「でも、冬木さん。いろんなことがわかったのはいいけど、肝心の、加奈ちゃんの希望は叶《かな》えることができそうなの？」

照葉のいうとおりだった。これは探偵ごっこではない。遺産のもめごとを解決し、加奈子のために実家を残すのが目的だ。

もちろん、冬木なりに考えてはいた。最善の一手は何かを。


夕方、ディナータイムの直前に、加奈子から冬木のスマホに電話があった。

幸男の意識が戻ったという。

〈医師の話では、もう大丈夫とのことです。でも、まだぼうっとしているので、たいした話はできませんでしたが〉

加奈子と圭吾は、今晩のうちに金沢に戻るつもりだといった。

「僕のほうからも、加奈子さんたちにお伝えすることがあります」

債権者の代理人と交渉したところ、減額に応じるとの提案があったことを伝えた。

「ただし、一週間以内に遺産分割の協議を整えることが条件だといわれました」

〈少しでも債務の額が減るのなら、早く集まって相続の話を進めたいと思います。圭吾と小松崎さんには、私から伝えておきます〉

加奈子から、夜にもう一度、連絡があった。五日後に、相続人全員が集まって話をすることになったと。場所は、テリハでということだった。

〈冬木さんに司会進行をお願いしたいのですが〉

「もちろん、させていただきます。加奈子さん、実家の相続のことは、今はどうお考えですか」

〈いろいろ考えたのですが、冬木さんにいわれたとおり、私一人で相続しようと思っています。小松崎さんと圭吾には、それに見合うお金を渡すことにして。そのためにマンションを売って資金を用意するつもりです〉

「今後、お住まいはどうされるのですか」

〈実家に住みます〉

いい考えだと冬木は思った。

「では、僕も加奈子さんの意向を踏まえた形で、当日、提案いたします」

〈よろしくお願いします〉

遺産の全てを相続したいと希望している小松崎は、簡単には納得しないだろう。この前のように、強い抵抗も予想される。

だが、次の協議の場でなんとしても終わらせる。そのためには、奥の手まで考えておいたほうがいい。

そして五日後、朝井家の二回目の遺産分割協議の日を迎えたのだった。

15

ウェイターの服装に着替えると、外に出て卯辰山を見上げた。

どんよりとした灰色の雲が空を覆っている。十二月にもなると、ほぼ毎日、こうした天気が当たり前のように続く。

今日は、朝井家のために特別に早く店を開けた。予定の午前十時には、相続人全員がそろった。圭吾は夫婦で訪れたので、全部で四人である。

彼らを普段は使わない個室へと案内した。他人には聞かせたくない話もあるし、ランチの客が来る前に話が終わる保証もない。

テーブル席で四人が向かい合った。奥に小松崎と加奈子、手前に圭吾と香織が座った。

「皆様、本日もこの冬木が司会を務めさせていただきます。まずは、幸男さんが所持していた二千万円が無事だったことをお知らせします――」

さらに、今日で協議を終了できるなら、連帯保証六千万円のうち三百万円が減額されることを改めて伝えた。

「次に、相続財産のなかで、もっとも財産価値の高い、希望の館について、重大な事実が判明しましたので、詳しくお話しします。なお、この件につきましては、幸男さんの失踪《しっそう》とも大きく関係していることがわかりました」

皆、急に緊張した面持ちとなった。冬木はシャツの胸ポケットのあたりをさすった。

「希望の館の敷地には、ある特殊な事情が隠されていました」

「特殊な事情？」圭吾が少し首を傾げた。

「登記簿では土地の所有権は次郎さんとなっていますが、実は、あの土地は不正な売買で入手したもので、所有権に疑義があるんです。これを見てください」

冬木はテーブルに閉鎖登記簿のコピーを置いた。

「十九年前、次郎さんはこの松原良純という人物から土地を買いました。さらにその七年前にさかのぼると、松原は与三野善治から土地を購入しています」

「与三野って、まさか」書類を眺めていた加奈子が顔を上げた。

「はい、与三野キヨさんのお父さんです」

「でも、与三野さんから松原さんって方への所有権の移転も、そのあとの父への移転も、この登記簿を見る限り、問題ないように見えますが」

「これが正規の取引なら何の問題もありません。しかし」

冬木は指をさした。「この与三野善治から松原良純への売買は、与三野善治の知らないところで行われた架空の売買でした」

「架空？　登記簿にしっかりと記載されているのに、どうして架空の売買だなんていえるのですか」

「それはこの登記簿自体が偽造されたものだからです」

「登記簿を偽造するなんて、そんなこと、できるんですか」

「その道のプロである、地面師ならできます」

「地面師？　なんですか、それは」

「土地の売買を専門にしている詐欺師です」

「聞いたことある」と圭吾がいった。「都市部の高価な土地を、自分の土地でもないのに売買して、金をせしめるってやつじゃないですか」

「そうです。大人数で役割を分担して、大がかりな詐欺犯罪を仕組むのです。ですが、昔の地面師は一人で実行していましたし、手口も今よりもっとシンプルなものでした」

土地の所有者が亡くなっても、相続人が土地の存在を知らないために、所有権移転の手続きがとられず、長く放置されている土地がある。たいていは、二束三文の荒れ地だが、地面師はそんな土地のなかでも金になりそうなものに目をつける。

ターゲットとなる土地を定めると、様々な書類を偽造して、土地の所有者が生前、誰かにその土地を売り、所有権が移転したとみせかける嘘の権利関係を作り上げる。

その手順はさして難しいものではない。法務局で登記簿を閲覧したいと申し出る。閲覧するふりをして、綴《つづ》ってある本物の登記簿と、持参した偽造登記簿をすり替える。登記簿が全面的に電子化される前に横行していた手口である。

希望の館の敷地にもその手口が使われた。真正の土地所有者である与三野善治はすでに故人。所有権移転の手続きが取られないまま長く放置されている。地面師はそこに目をつけて、法務局に行き、与三野氏から松原へと所有権が移転したとする登記書類にすり替えた。

「この松原っていうのが、地面師だったってことですか？」

「いいえ。松原は地面師に雇われた人間です。金に困って名義を貸したのでしょう」

詐欺の末端は、いつの時代も社会の底辺にいるような人間たちが担っている。首謀者には、簡単にたどり着けない。

「しかし、ウェイターさんよ」

小松崎が不思議そうな顔をする。「なんですり替えたものだって、わかったんだ？その登記簿、今まで誰も気づかないくらい精巧だったんだろ」

「それは――」

冬木は口ごもった。これが個室のよくないところだ。地面師による詐欺だと暴いた本人に、「ここはお前の番だ」と合図を送ることができない。

仕方ない、呼びに行こうか。そう思ったとき――。

すっとドアが開いた。

——なんだ、廊下で待ってたのか。案外、かわいい奴だ。

冬木は笑いそうになって、口元にさりげなく手の甲を当てた。

風雅がさっそうと部屋のなかに入って来た。

テーブルの四人は、急に登場した若い料理人を凝視している。

「匂いだよ」と風雅が唐突に口にした。

テーブルの四人は、意味がわからないといった顔をしている。

「もう少しわかりやすく説明してくれ」と冬木がいう。

風雅は壁に背中を預けて腕を組んだ。客の前での不遜《ふそん》な態度は明らかに照れ隠しだ。

「手触りと色は、閉鎖登記簿に綴られていたほかの登記簿とまったく同じ。地面師は、本物と見分けのつかないものを準備した。でも、匂いだけは偽造できなかった」

何人もの人間たちに触れられて染みついた人脂の匂い。紙自体が朽ちて放つかび臭い匂い。これらが混じりあい、さらに年月を経ることで独特の風合いを醸し出す。紙の質が違えば、長い年月によって匂いに明らかな差が現れる。

「あの紙だけは、前後の地番の登記簿と比べたときに違う匂いがしたんだ。つまりは法務局で使っている紙ではなく、誰かがすり替えたものだったってこと」

法務局の帰り道、この話を聞いたときは、冬木も驚かされた。今、この場の相続人たちも、同じ思いを宿しているにちがいない。

「じゃあ、これで」

話が終わると、風雅はくるりと身を翻して部屋を出て行った。

「匂いか、なるほどな」小松崎が感心したようにうなずく。

「与三野善治から松原良純への売買が架空のものだとすると、当然、松原から次郎さんへの売買も架空の売買になります。加奈子さん、あの土地は知り合いから安く買ったと次郎さんがおっしゃっていたんでしたよね」

「ええ」

「おそらく次郎さんは、いわくつきの売買契約だと知っていた。そのことは、幸男さんも次郎さんから聞かされていた。それで、幸男さんは、正式に土地の使用を認めてもらうために、与三野善治の娘であるキヨのところへ行ったんです」

「でも、それって何か変だよな。どうして、今になって、もとの所有権者のところへ行って、わざわざそんな話をする必要があるんだ」

「次郎さんの土地の購入が十九年前だったからです」

「十九年前だと何かあるのか」

「はい。それを今から説明します。まず、皆さんに訊《き》きたいのですが、時効って言葉をご存知ですか」

「それくらい知ってます」と圭吾がこたえる。「罪を犯しても、年数が経てば、逮捕されないってやつでしょ。テレビドラマなんかで見たことありますよ」

「今、圭吾さんがおっしゃったのは、刑事事件の時効です。時効は、土地や建物にもあるんです。時効取得と呼ばれるものが、それにあたります」

「何ですか、それは」

「ひらたくいうと、他人の土地や建物を自分のものとして支配して、一定期間が過ぎれば、堂々と所有権を主張できる制度です」

「そんな制度があるんですか」

「はい。一定期間が過ぎると、と申しましたが、時効取得にかかる年数は、二つに分けられます。ひとつは十年。その不動産を自分のものだと過失なく信じていた場合です。もうひとつは二十年、こちらは他人のものだと知っていた場合や自分の土地だと信じていたとしても、なにか過失があった場合です」

「ぴんとこないなあ。本当の持ち主は、勝手に土地を取られてしまうわけでしょ。なんだか、かわいそうですよね」

「たしかに、そういう見方もできます。ですが、一定の事実状態、たとえば誰かが土地を自分のものとして占有している状態が続くと、何も知らない他人はこれを正当なものと信頼して、新たな売買や賃貸などの関係が築かれていきます。ところが、後になってこの事実状態を覆して、正当な権利関係に引き戻すとなると、それまでに築き上げられてきた権利関係が崩れてしまいます。むしろ、そうなったときの混乱のほうが大きく、それを避けるほうが社会の安定が保たれる。そのためには、一定の期間継続した事実状態は覆さないほうがいい。これが時効取得を認める考え方の根本理由なのです」

「社会の安定か。そういわれたら、納得できるかも」

「他人のものだと知っていた場合は、時効取得に二十年かかるといいました。もし、二十年が過ぎる前に、正当な所有権者から自分の土地だと主張があれば、時効の継続はそこでリセットされ、所有権を主張することはできなくなります。今回、次郎さんは、土地の権利にいわくがあることを知っていた。そうなると、時効取得には二十年かかる。ここまで十九年間、所有する意思を持って占有していたので、時効取得が成立するまであと一年だった。ところが、もし、今、正当な所有権者から自分の土地だと主張されると、時効が消滅してしまい、所有権を主張できなくなる。次郎さんはそれをおそれたんです」

冬木はシャツの胸のポケットからスマートフォンを取り出した。

「そうですよね。幸男さん」

〈……はい。冬木さんのいうとおりです〉

テーブルがどよめいた。

「病院の許可を得て、幸男さんとつながっています。僕の話がただの推測ではないことの裏付けとして、幸男さんにも聞いてもらっていました」

「兄さんなの？　もう大丈夫なの？」

加奈子がスマホに向かって呼びかける。

〈ああ。大丈夫だ。心配かけてすまんかった〉

冬木と幸男は、今朝、一度電話で話をしていた。輪島署の高田に話を通しておいたので、幸男は冬木を信用した。

ただし、そこに至るまでは一苦労だった。冬木は、まず高田に連絡を取り、幸男の件は刑事事件ではなく相続が絡む家族の問題と伝えたが、高田は冬木の説明をすんなり信じようとしなかった。

それで、元警官のハナが、高田の所属する輪島署の刑事課長に電話をした。その刑事課長はハナの元上司だった。ハナから、ことのいきさつを聞いた課長は「花山がそういうなら信じる」といい、部下である高田刑事も協力的な姿勢に変わった。

「幸男さん、今朝、電話でお話ししたこと、これからみなさんにお伝えします。お体に差し障りがなければ、途中、自由に話してくださってもかまいません」

〈わかりました〉

「では、話を続けます。十九年前、次郎さんは購入した土地に希望の館を建てて、不登校生徒やひきこもりの若者を集めて、社会復帰への支援に取り組んでいました――」

土地の購入にいわくはあったものの、もともと放置されていた土地だったので、誰からも文句をいわれることもなく、平穏な日々が過ぎていった。

「子供のイジメが社会問題として大きく取り上げられた時期でもあり、希望の館は時代にマッチし、運営のほうも長く順調でした。ところが、時代が変わり、昨今の少子化、ひきこもりの高齢化などが原因で、希望の館の運営は厳しくなっていきました」

そこで次郎は一大決心をして、若者の支援から高齢者の支援へ舵《かじ》を切ることにした。人生の終盤を迎えている高齢者を対象にする施設への業態転換を目指したのだ。

看取《みと》り施設への移行は、順調に進むかと思いきや、しばらくして、近隣の住民から反対の声が上がるようになった。希望の館の向かい側の空き地には、反対の立て看板が立ち、次郎のもとには、反対の意思を伝える手紙や電子メールが届いた。なかには反対を意思表示するだけではなく、次郎への誹謗《ひぼう》中傷や脅迫めいた内容のものもあった。

「次郎さんは、初めは反対の声をそれほど気にしていなかったようです。しかし、あるときから不安を抱きました。『あなたの秘密を知っています。こちらの要求に応じてください』と書かれたメールが何度も届くようになったからです。次郎さんは、これを見て、十九年前の土地の取得の経緯を知っている人間が脅してきたと思ったんです」

もしも地権者に知られて、土地の返還を求められたら、希望の館は看取り施設への変更どころの話ではなくなる。あるいは、地権者に知られなかったとしても、土地の取得が不正な売買によるものだったと噂が立てば、興味を持ったメディアが報道する可能性もある。そうなると、批判の声が今よりも高まり、施設の変更計画は後退しかねない。

次郎は土地取得の経緯を幸男に語った。

〈珍しく父は悩んでいて、私の部屋の前でよく愚痴をこぼしていました〉

土地取得の秘密をばらされないためにはどうしたらいいいか、二人は話し合った。

〈父は、一時は、脅迫してきた人間に金を渡して口止めをすることも考えたんですが、最終的には、真の地権者に過去の事実を話して謝罪する。代金を支払い、正規に土地を購入することにしたんです〉

次郎は、まずは土地の真の所有者を捜した。古い登記簿から、与三野善治という人物が所有していたことがすぐに判明した。与三野善治には娘がいて、それがキヨだった。

「戦争で兄弟を亡くして、一人娘だったそうです。相続の手続きは取られていませんが、希望の館の敷地は、間違いなく与三野キヨのものです」

善治自身、金沢にある原野が自分に引き継がれていることに気づいていなかったのではと思われる。原野であれば、土地の価値はほぼないに等しい。市役所から求められる固定資産税もなかった。昭和のころはどこにでもある話だった。

「次郎さんは、与三野キヨに定期預金の二千万円を渡して、土地の権利を認めてもらうつもりでした。そのために信用金庫へ出向いた。そうですよね、幸男さん」

〈はい。珍しく父が、高額な金を下ろすからついてきてくれっていうんで、日中の外出は好きじゃなかったけど、仕方なくついていきました。お金を準備した父は、近いうちに輪島市の与三野キヨさんに会いに行くつもりだったみたいで。ところが、あんな事故に遭ってしまって……〉

次郎はイノシシに襲われて、キヨのところへ行く前に、この世を去ることになった。

だが、これで話は終わらなかった。次郎の葬儀が終わったあとに、六千万円の連帯保証債務の存在が発覚し、幸男はそのことを加奈子からドア越しで聞く。

「加奈子さんと圭吾さんが六千万円の返済原資として希望の館を売却するつもりだと幸男さんは考えた。そうなる前に、与三野キョにいったん土地を返して、その上で二千万円を払って、土地を使用する権利を認めてもらおうとした。幸男さんが与三野キョに示したのは、売買契約書ではなく賃貸借契約書だった。そうですよね」

〈はい。父は土地の購入を考えていましたが、俺は賃貸のほうがいいと思いました〉

「ちょっと待って」加奈子が口を挟む。「希望の館を売却すれば、四千万円にはなるのに、どうしてわざわざ相続財産から除外するようなことを考えたりしたの？」

〈それは……〉

「まさか、希望の館を残したかったとか？　でも、父さんはもういないのよ」

〈父さんの遺志を引きついで、看取りケア施設を運営しようと思ったんだ〉

「兄さんが？　どうして、そんなことを思いつくのよ」

〈だって……俺、父さんの実の子供じゃないから〉

場が、急にしん、とした。

「兄さん、知ってたんだ」

〈聞いたときはショックだった。でもよくよく考えたら、父さんに感謝しなきゃいけないって思ったんだ。実の子じゃない俺をずっと長男同然に育ててくれたんだから。引きこもってからも、いつも俺を心配してくれたし。だから、父さんのやりたかったことを

引き継ぐのが、せめてもの恩返しだって。それで、覚悟を決めて素顔をさらして……〉

急に涙声になった幸男が、声を詰まらせた。

「兄さん。父さんの実の子じゃないってこと、いつ父さんから聞いたの？」

〈父さんから聞いたんじゃない。野村って弁護士から聞かされた。父さんが死んだ晩だったかな、明け方、コンビニに行こうとしたら急に現れて、そのときに〉

「弁護士は父さんと兄さんが実の親子じゃないってことを伝えに来たの？」

〈うん。聞かされたときは、ショックが大きくて、あとにしてくれといって、希望の館に逃げ込んだんだ。あっちは、まだ話したかったようだけど〉

野村弁護士には、早く幸男に伝えなくてはいけない話があった。それで、幸男がいなくなったあと、その行方を捜しているうちに、ある晩、希望の館の前で圭吾と出くわしたのだった。

「野村弁護士は、どうして父さんが亡くなったタイミングで現れたの？」

何気ない質問だが、加奈子のそれは的を射ていた。「それと、兄さんの父親って誰？」

幸男はこたえようとしない。自分からはいいにくいのだろう。

「それはですね」冬木が間に入った。「幸男さんの実の父親も次郎さんと同じ時期に亡くなっていたからです。幸男さん、僕から皆さんにお話ししてもいいですか」

〈……お願いします〉

「幸男さんの父親は、元県議会議員の江田島孫六です」

「元県議会議員?」圭吾が目を見開いた。「そんなすごい人が兄さんの実の父親?」

「江田島孫六……その名前って、もしかして」加奈子がハッと表情を硬くした。

「そうです。次郎さんのすぐ近くで、同じようにイノシシに襲われて亡くなった方です」

二重の驚きに、加奈子と圭吾は声さえも出せない。

「お母さんの光代さんは、独身のときに江田島の子供を産みました。それが幸男さんで、そのあと、次郎さんと出会って結婚したんです」

どんな経緯があったのかは定かでないが、来るもの拒まずの朝井次郎は、幼子を引き受けた。

「報道では、次郎さんと江田島元議員の二人には面識はなかったとありましたが、あれは間違いです」

イノシシに襲われて、次郎が亡くなり、朝井家では相続の問題が発生した。同じように江田島家でも相続の問題が発生していた。その争いは朝井家の比ではなかった。長く県政に携わり議長も歴任した人物だけあって財を成していた。そればかりか、江田島家では孫六の遺言がみつかり、朝井幸男を自分の子と認知する内容が書かれてあった。

――遺言書には、ほかにも隠し子の名前が二人記されてあったんだって。

京子から得た情報だった。金にうるさい相続人が何人かいて、江田島家の遺産相続は、かなりの荒れ模様だという。

「じゃあ……」と加奈子がいった。「イノシシに襲われた場所に、二人が居合わせたのは偶然じゃなかったってことですか？」

「そこまでいい切れる証拠のようなものはありません。ですが、次郎さんは江田島に会いに行ったとしか考えられません」

「それは、何のためにですか？」

「看取り施設の開業に反対していた上沼を黙らせるためです。上沼は反対運動の急先鋒《きゅうせんぽう》でした。次郎さんは、上沼がおとなしくなれば、反対運動を止めることができると考えたんです」

「ちょっと待ってください。上沼をおとなしくさせるのに、江田島がどう関係しているんですか」

「実は、上沼のほうも、看取り施設への転換を撤回しようとしない次郎さんにしびれをきらして、新たな手を打った。与党系の市議会議員である父親の存在を、次郎さんにちらつかせたんです。ところが、次郎さんは逆にこれを利用しようとした」

　幸男の実の父親は政治家――。京子の話を聞いたあと、その父親というのは江田島孫六ではないかと考え、スマホで江田島を検索した。

　調べていくうちに江田島のいくつかの画像を目にした。あるブログの画像には、江田島を真ん中にして五十代から六十代の男たちが写っていた。添えられた文章には、わが師匠、江田島先生のお誕生会に参加してきました、とあった。

　ブログの開設者は、上沼正志《まさし》という市議会議員だった。そこで冬木は思い出した。加奈子から聞いた、看取り施設への反対運動をしている人物も名字は上沼。その上沼には、身内に市議会議員がいるという話ではなかったかと。

興味がわいて上沼議員のブログを見ていくと、どうやら上沼は江田島の子飼いであることがわかった。今は、江田島の跡を継いだ長男のグループに属している。さらに過去のブログを見ていくと、ときどき、家族のことが書いてあった。息子がいよいよマイホームを建てることになった——。それは三か月前のブログだった。

元大物議員の江田島、その子分だった上沼議員、上沼の息子、そして朝井次郎。江田島と朝井次郎が上沼親子を介してひとつの線でつながった。

そして、その線上にあるのが、希望の館だった。

「江田島孫六は、長男に地盤を譲って引退したあとも、与党県連では顧問として名を連ねていました。上沼の父親というのは、当選二回の与党の若手議員で、これまでの選挙でも江田島の力を借りていた。もし江田島が上沼の父親に、おまえの息子を黙らせろと指示すれば、上沼の父はそれに従って、息子の反対運動をやめさせる。次郎さんはそう考えたわけです」

隠し子を実子同然に育ててくれた朝井次郎に頼みごとをされたら、江田島のほうはむげにはできなかっただろう。

「次郎さんは早朝の散歩の時間を狙って江田島に会いに行きました。しかし……」

冬木は少し間をあけた。「二人が会う直前に悲劇は起きてしまったんです」

加奈子が悲しみをこらえるような顔で胸に手を当てた。

〈今朝、冬木さんからその話を聞いて、俺も思い出したんだ。イノシシに襲われる前の晩、上沼のことは、なんとかできそうだって父さんがいってた。だから――〉

幸男の声は落ち着いていた。

〈冬木さんのいうとおり、父さんは江田島に会うために、あの朝、南森本のほうへ向かったんだと思う〉

16

冬木の説明の余韻に浸るかのように、しばらくの間、誰も言葉を発しなかった。

〈あの……〉

スマートフォンから中年の女の声がした。幸男の病院の看護師だった。

〈朝井さんはだいぶお疲れのようです。今日のところはこれくらいで〉

電話がつながっている間、幸男のそばには、看護師がずっとついていたことを思い出した。

〈じゃあ、俺はそろそろ休ませてもらうよ。加奈子、圭吾。あんまりもめないようにな〉

冬木はスマホをズボンのポケットにしまった。

圭吾がテーブルの上で両手を握り合わせていた。震える手をなんとか抑えようとしている。

「圭吾さん、どうかなさいましたか」

隣の香織も顔色がよくない。

「俺のせいだ……」圭吾が苦しげな声を発した。「俺があんなことをしたばっかりに」

「圭吾、どういうこと？」

「圭吾クン」香織が圭吾を制するような目をしている。

だが圭吾は、首を横に振った。「正直に話すよ」

「圭吾、何があったの？」

「父さんに脅迫メールを送ったのは……俺なんだ」

「どうしてあなたが父さんにそんなメールを送るの？　看取《みと》り施設への変更に反対していたわけでもないんでしょ」

「もちろん、看取り施設への変更とか、そんなの俺には興味はなかった。ただ、あの反対運動に便乗させてもらおうと思ったんだ」

「いっていることがわからないわ。詳しく教えて」

「金が必要だったんだ。それで反対派の人間のふりをして親父を脅そうとした」

「脅すって、圭吾は希望の館の敷地が、不正な土地売買によるものだって知ってたの？」

「知らなかった」

「おかしいじゃない。知らないのに、どうして脅そうなんて思いつくの？」

「俺が父さんを脅した材料は、土地のことじゃないんだ。あのメールの文章をもう一度思い出してほしい」

　冬木も頭に浮かべた。――あなたの秘密を知っています。こちらの要求に応じてください。

「あの文章にはどこにも土地のことなんて書いてなかっただろ？　俺が、父さんを脅した材料は」

　圭吾は、喉仏《のどぼとけ》を上下させて、小松崎をちらりと見る。

「――隠し子がいるってことだった」

「隠し子って、小松崎さんのこと？」

「俺、ずっと前から知ってたんだ。あれは小学校の遠足のときだったかな。父さんが、二十歳くらいの若い男と一緒に歩いていたのを見たんだ。体つきも顔もすごく似ていて、その人が、オヤジって呼んでいたのも聞こえたんだ。すげえ、びっくりしたよ。だけど、家に帰ってみんなに話せば悲しむと思って、誰にもいわなかった。そのあとも、外出する父さんのあとをつけて、小松崎さんと会っているのを見たことがあった」

「じゃあ、圭吾は、隠し子のことで父さんをゆすろうとしたわけ？」

　圭吾が小さく首肯した。

「看取り施設への変更で、地域住民ともめてるって話を聞いたときに、思いついたんだ。隠し子って、スキャンダルだから、そういうのが明るみに出たら、よくないだろ。だから、それをネタにして、素性を伏せて、金を受け取れないかと考えたんだ。母さんから相続した二千万円がまだあるようなことも前に父さんから聞いていたし」

「圭吾」加奈子が圭吾を見据えた。「あなたはひとつ、勘違いしているわ」

「な、なに？」

「この前もいったけど、私は、父さんに隠し子がいるんじゃないかって、なんとなく感じてたわ。きっと、母さんも兄さんもね。それに、父さん自身、隠し子の存在を恥ずかしいとは思っていなかったはずよ。ただ、周囲からとやかくいわれるのがわずらわしくて、黙っていただけよ」

「そ、そうなの？」

「そんな父さんが、隠し子の存在をばらされることに怯《おび》えて、お金を用意してくれると思う？」

　圭吾は泣きそうな顔になって肩を落とした。思えば、加奈子は圭吾から隠し子の話を初めて聞かされたとき、驚いたり狼狽《ろうばい》したりすることはなかった。

「では、今の話を整理しますと」と冬木が間に入った。

「圭吾さんは、隠し子のことをほのめかしたつもりで、電子メールを出した。ところが、メールを受け取った次郎さんのほうは、文章に書かれている秘密とは、隠し子ではなく、土地の取得の経緯のことだと思い込んだ。そうなりますね」

「だけど、どうして父さんは、そんな勘違いをしたんだろ」

「おそらくメールを受け取ったタイミングがそう思わせたのではないでしょうか。看取り施設の反対運動が続いているなかで、次郎さんの一番の気がかりは、あと一年と迫っていた土地の時効取得のことだった。だから、メールをみたときに、『秘密』という言葉に、自分が今一番気にしていることを連想した」

「ねえ圭吾。どうして、お父さんを脅してまで、お金が必要だったの」

圭吾の顔が、一瞬、強張《こわば》った。

「話してもいいかな？」圭吾が香織に了解を求めた。

香織は長いつけまつ毛をぱちぱちと動かしたあと、「話すしかないでしょう」と目を伏せた。

「俺たち、離婚するための話し合いをしているんだ」

「離婚？　あなたたちが？」

加奈子と同様に冬木も驚いていた。この夫婦は仲がよかったのではないか。

しかし、冬木の脳に、ある記憶が浮かんだ。そういえば——。

「私は求める条件が満たされない限り、応じるつもりはないですけど」

顔を上げた香織の両目は微《かす》かに潤んでいる。

「離婚するなら、慰謝料が欲しいと香織にいわれた。でも、俺には金なんてない。貯めていた金は、住宅ローンの頭金に全部使っちゃったし。だから、父さんから金を出してもらえないかって考えた」

「それで、お父さんに頼んだの？」

「……頼めなかった」

「話せば、相談に乗ってくれたかもしれないのに、どうして」

「実は」圭吾は、一瞬、言葉をとめた。「初めてじゃないんだ。姉さんは、知らないと思うけど、俺、前にもトラブったことがあって、父さんや母さんに、助けてもらったことがあるんだ」

「トラブったって、女性？」

「うん」

「知らなかったわ」

「一回じゃないんです」香織がぼそっといった。「これで三回目です」

「え、そうなの」

「圭吾クンは、お義姉《ねえ》さんに知られるのが一番嫌だったんです。怒られるのは目に見えているから。だから、話さないで欲しいってお義父《とう》さんとお義母《かあ》さんに頼んだんです」

「前の二回はお金で解決してもらったの？」

「……うん」

「なにやってんの、もう」加奈子が髪をかき上げる。

「二回目は三年前で……あのとき、父さんに怒られた。次は助けないぞって。俺もそのつもりだったんだけど」

「今回も相手の女性にお金を払うの？」

圭吾が首を振る。「金は要求されていないよ。慰謝料は、香織に払うためだよ」

「でも、さっき、香織さんは、離婚に応じるつもりはないって、いってたわよね。それなら、相手の女性としっかり別れて、香織さんとやり直せばいいじゃない」

圭吾が、枝垂桜のようにドレッドヘアを前に垂れた。

「圭吾クンは……今付き合っている相手とは別れる気がないって、いうんです」

「どうしてなの、圭吾」

圭吾は目を伏せて答えようとしない。

「理由は、圭吾クンから、いいなよ」と香織が促す。「私にいわせないでよ」

逡巡《しゅんじゅん》していた圭吾が、小さく息を吐いた。

「その女性に、子供ができたんだ」

しばしの間、沈黙が流れた。

「なんとか……できないの」

加奈子はぼかしていった。その意味は、いわずともわかる。

「俺が産んでほしいと頼んだ。必ず結婚もするって」

加奈子はもっと責め立てるかと思ったが、憐《あわ》れんだ目でただ圭吾を見つめていた。

「相手はどんな子なの？　どこで知り合ったの」

「ドラッグストアでアルバイトをしている人で」

圭吾がそこでまた口ごもる。

「どんな子？　ちゃんと説明して」加奈子の口調が強くなる。「若い子？　もしかして未成年じゃないでしょうね。それとも、まさかダブル不倫とか」

隣の香織が頰を震わせていた。歯を食いしばって真顔を貫いている。

「四十四歳で独身」圭吾が息を吐くようにいった。「母親と二人暮らしだっていってた」

部屋の空気が重くなった。

「その人初産で、これをあきらめたら、もう一生子供を授かることなんてないだろうって。俺も、香織と二人でずっと暮らしていければいい、子供はいらないと思ってた。だけど、実際に、俺の子供を身ごもったっていわれたら、なんだか……」

加奈子が額に手を当てた。その顔は深刻だ。不倫相手だろうが、子供を授かったことで、圭吾は香織と別れてその相手と家庭を築きたいと思った。しかも、相手の女性は加奈子よりふたつ年上だ。加奈子も様々な思いで思考がまとまらないだろう。

重い空気がテーブルを覆うなか、乾いた笑い声が室内に響いた。

声の主は香織だった。

「だから、私、圭吾クンにいったんです。もし、私と離婚したければ、慰謝料を一千万円用意してって。そしたら、不倫相手と子供と三人で新しい家庭を持つことを許してあげるって」

「香織さん……」

「この人、お金は何とかするっていうけど、できっこないって思ってました。でも、まさか、お義父さんのことをメールで脅したなんて」

「香織さんは知らなかったの？」

「知ってたら止めました。気づいたのはつい最近です。お義父さんが亡くなったあと、圭吾クンが、慰謝料の払いは当面無理になったっていい出して。何か変だなと思って問い詰めたら、実は、お義父さんをメールで脅してたって」

「圭吾、あなた、あの父さんがそんな脅しに従うと本気で思ったの？」

「実際、一度、返事が来たんだ。金額と受け渡し方法を確かめる内容だった。だけど、それっきりで」

幸男の話では、次郎は真の地権者に金を渡すことにしたといっていた。圭吾に二回目の連絡がなかったのは、それが理由だ。

「かりに、父さんがあなたの脅しに応じたとして、どうやってお金を受け取るつもりだったの？　圭吾だってことがバレるんじゃないの」

「ネットの闇ショップで口座を買うか、仮想通貨を使えばいいと考えていた」

「……バカね、ほんとに」

圭吾を非難する加奈子の声にも力が入らない。

「俺があんなメールさえ出さなければ」

圭吾が目頭を押さえる。「兄さんがけがをすることもなかったのかもしれない」

「香織さん」

加奈子が香織を正視した。「圭吾のこと、謝ります。謝って済むことじゃないけど、本当にごめんなさい」

加奈子が座ったまま深く頭を下げた。香織のほうは目尻《めじり》をぬぐいながら、無理やり笑って見せた。

香織の印象が前と変わった。加奈子は圭吾にそう伝えていた。おそらく、それは間違ってはいなかった。圭吾が外に子供を作って、離婚を切りだしたことで、追い詰められた精神状態だったのだ。

「私には子供ができません。だから、この人が自分の子供を身ごもった女性と人生を一緒に進みたいという気持ちもわからないでもありません。だけど――」

香織が圭吾に冷えた視線を送った。

「慰謝料を減らしたりしないし、払えないというなら、離婚はしませんから」

冬木は思い出した。そう、このまなざしだ。香織が圭吾を見るとき、前にこんな目をしていた。そして、ようやくその理由がわかった。

17

圭吾夫婦の話は一段落したが、冬木は、どこか遺産分割の話に戻しづらい空気を感じていた。

「おい、ウェイターさんよ」

小松崎が久しぶりに口を開いた。圭吾夫婦の話をずっと退屈そうに聞いていた。

「話、進めてくれ。時間がもったいない」

「わかりました」

平静を保つも、胸のうちでは、よくいってくれたと小松崎に感謝した。

「では――」

「その前に、ひとつ確かめさせてください」と加奈子がいった。

「希望の館の土地は、与三野キヨさんのものだったのですよね。そうなると相続資産には、計上できなくなるってことですか」

「いいえ。十九年続いた時効は今も継続しています。与三野キヨさんから土地が自分のものであるとの主張がない限り、時効は今後も続きます」

山間《やまあい》の集落に一人で住んでいた与三野キヨを思い浮かべた。幸男の話は詐欺だと思っている。金沢にある土地が自身のものとは信じていない。

「時効の効果は相続資産を受け継いだ相続人にも引き継がれますので、どなたが相続することになろうが、あと一年で真の相続人に対抗できる、つまり、完全な所有権を手に入れることができます。さっきも申しましたが、法律で認められた権利ですから、心配いりません」

「はあ、それならいいんですけど」加奈子はどこか申し訳なさそうな顔をした。

時効取得は、法で認められているとはいえ、当然、うしろめたさはある。しかし、このまま一年、無事に過ぎれば、たとえ土地取得の経緯に問題があったとしても、誰からも文句をいわれることなく、相続人は正当な所有権者となる。

「それを前提で作ったのがこれです。皆さん、ご覧ください」

機を見て配布する予定だった財産目録を三人に配った。三百万円の減額も盛り込んである。

朝井次郎氏の財産目録

■資産

現金・預金	2300万円
漫画雑誌	40万円
東山の実家（土地）	2000万円
同右（建物）	評価額無し
希望の館（土地）	4000万円
同右（建物）	評価額無し
資産合計	8340万円

■負債
　連帯保証債務　6000万円
　減額　300万円
負債合計　5700万円

「資産の合計額は八千三百四十万円、負債は債権者からの提案で五千七百万円となります。差し引きすると、二千六百四十万円、資産のほうが多くなります」

　――さあ、ここからが勝負だ。

「今日は、分割する財産について僕から提案がありますので、みなさん聞いてください」

　冬木は努めて穏やかな声でいった。前回は、主張をぶつけあって、物別れで終わる結果となってしまった。今回は、感情的なぶつかりあいにならないよう、相続人たちの様子に細心の注意を払って進行する必要がある。

「負債を上回っている資産、二千六百四十万円を単純に三等分すると、一人あたりの相続資産は八百八十万円となります。ただ加奈子さんは、東山の実家を残したいという希望を持ってらっしゃいます。ですので、ここでひとつ提案します」

　声がうわずりそうになったので一呼吸置く。小松崎の要望を満たしていない内容を提案することに冬木自身、緊張していた。

「加奈子さんが一人で実家を相続して、ほかの相続人のお二人には、現金で八百八十万円ずつ支払う。いかがでしょうか」

「私からもその案でお願いしたいの」

加奈子が悲壮感をにじませたまなざしで、ほかの二人の相続人を見た。

「姉さん、お金払えるの？」

「自宅のマンションを処分するから」

「え、マジ？　でも、それで足りるの？」

「四百万円ほど足りないけど、その分は、これから働いて少しずつでも払うから」

「そこまでして実家を残したいんだ。じゃあ、俺いいよ。小松崎さんに八百八十万円全額を払って、俺は残った金をもらえれば。それでも五百万くらいはもらえるんだろ」

「圭吾はそれでいいの？」

「脅迫メールを出した責任を取りたいんだ。それくらいは」

冬木は安心した。実は、被相続人を生前に脅迫していたとなれば、ほかの相続人からの訴えで相続廃除となり、相続人から外れてもおかしくはないところだ。だが、そうなると、裁判沙汰《ざた》になる可能性もあるので、冬木は言及しないことにしていたのだ。

「ちょっと、圭吾クン」香織が圭吾の腕を引っ張った。「何いっているの」

「もういいんだ」

「何がいいのよ。五百万円じゃ、私、離婚しないから」

「香織、わかったから、口を挟むのはもうやめてくれ」

　圭吾が強い口調でいい放つ。

「俺は家族にすごく迷惑をかけた。これ以上、好き勝手なことはいえない」

「じゃあ、私には、迷惑をかけてもいいわけ？　私は最低でも一千万円は欲しいの。そうでなきゃ、離婚しないから」

「わかってる。残りの五百万は自分でなんとかする。分割してでも払うって約束する」

「そんなこと、圭吾クンにできるの？」

「ああ、必ず払うから」

「そこまでして……」

　香織が瞬《まばた》きもせず、強い視線を圭吾にぶつける。圭吾は新しい家庭を持ちたいがために、覚悟を決めた。その思いを伝え聞いた香織は、悔しさと寂しさに飲み込まれそうになっている。

「香織、こんなところでいうのもなんだけど、あれは嘘だったんだよな」

「あれって何のこと？」

「六年前だよ。香織が妊娠したって話」

　香織は一瞬、ハッとした顔をして、すぐもとに戻した。

「それで、結婚しようって話になって。でも、妊娠は嘘だったんだよな」

「……そうよ。圭吾クンと結婚したかったから、誰にもとられたくなかったから、嘘をついたの。だからって何？　ほかの人と子供を作ったことを正当化しないでよ」

香織の目に再び涙の膜が張っていく。

「私、帰る」

香織は部屋の隅にかけてあったコートをひったくると、部屋を出ていった。

「圭吾さん、香織さんのこといいんですか」

青白い顔をした圭吾は黙ってうなずいた。

圭吾のことはもういい。夫婦のエリアの問題に立ち入る必要はない。

あとは——この男だ。

「小松崎さん」

呼びかけただけで、胸の緊張が高まっていく。「僕からの提案、いかがでしょうか」

小松崎の目が、冬木のほうへぎろりと向いた。

「この前話したこと、覚えているよな？」

「はい」

「俺の考えはな……」

小松崎が口を開こうとした。そのとき——。

「小松崎さんっ」

加奈子が力のこもった声を出した。その瞳《ひとみ》は、突き刺すように小松崎を見据えている。

「なんだ、ベン子」

小松崎も負けず劣らず鋭い視線で対抗する。

冬木は胃のあたりがきゅっと縮むのを感じた。

――また、むき出しの戦いが始まるのか。

すると――。

「実家を残したいんです。どうか、お願いします」

加奈子がテーブルに手をついて頭を下げた。

気勢を削《そ》がれた形の小松崎は、少し体をのけぞらせた。

「長く認知されることなく、辛《つら》く、悔しい人生を過ごしてこられたのだと思います。ですが、あの実家は、私にとって、とても大切なものなんです。どうか、相応のお金で解決させてもらえないでしょうか」

加奈子はずっと頭を下げている。圭吾も一緒になって「俺からもお願いします」と頭を下げた。

小松崎は二人の頭を見下ろしながら、うんざりした様子で首をまわしている。

その態度がこたえを表していると冬木は思った。

誰も次の言葉を発しなかった。

このままではらちが明かない。冬木は意を決した。――ここで奥の手だ。

「小松崎さん」

「なんだ」

「借金が、ございますね」

小松崎の眉《まゆ》がぴくりと動いた。「調べたのか」

「なんでも数千万円単位だとか」

「五千万円だ。それがどうかしたか」

「五千万も！」圭吾が顔を上げた。

冬木も内心驚いていた。ハナから聞いていた額より二千万円も多いではないか。

「返すあてはあるのですか」

小松崎が、ふん、と鼻を鳴らす。「余計なお世話だ」

「この前も、金が欲しいとおっしゃっていましたよね？　でも、遺産を相続して全部返済にまわしたとしても、借金はなくなりません。ただし、やり方次第では、借金はすべて消えますし、遺産に見合う金額を受け取ることもできます」

「そんなこと……できるのか」小松崎が探るような目をした。

「はい、できます」

冬木は安心させるようにゆっくりとうなずいた。「その方法というのは——」

四文字が頭に浮かぶ。

つばをひとつ飲み込んでから、冬木はそれを口にした。

「自己破産、です」

小松崎が急に表情を失った。身を硬くするように腕を組むと、その顔を伏せた。

――どうした？　こっちの提案に驚いたのか。それとも、屈辱を感じたのか。

勝負どころと確信し、冬木は構わず語り続けた。

「その自己破産ですが、ひとつ注意点があります。借金に相殺されずに相続財産を得るためには、自己破産の手続きに入る前に、相続放棄をしていただきたいのです」

うつむいたままの小松崎の広い肩がピクッと反応した。

「今のまま、相続すると、引き継いだ財産がすべて弁済にあてられてしまいます。ですが、相続放棄のあとに破産手続きに入れば、財産が小松崎さんの借金の弁済にあてられることはないので、無駄に減ることはありません。ここからは、加奈子さんと圭吾さんに提案です。小松崎さんが相続放棄と自己破産をしたあと、お二人から小松崎さんへ三分の一相当の遺産を贈与するということに承諾していただけませんか」

「でも、それだと贈与税がかかるんじゃないですか」と加奈子がいう。

「兄弟間の贈与なので、多少、贈与税はとられます。ですが、贈与額が八百八十万円であれば、その八割程度、七百万円は確実に受け取れます。加奈子さん、圭吾さんいかがですか」

「私はその案に賛成です。お金は必ず小松崎さんにお渡しします」

加奈子の言葉に圭吾も「俺も同じです」とうなずく。

これが冬木の考えた奥の手だった。

借金がチャラになる上に、相応の遺産も得られる。多額の借金を抱えている小松崎にとってこんないい話はない。この提案を飲まない選択肢はないはずである。

「どうですか」

冬木、加奈子、圭吾の視線が小松崎に集中する。

小松崎は腕を組んで下を向いたままだ。ただ、ときどき体を小刻みに震わせている。

さあ、相続を放棄するといってくれ、と冬木は何度も念じた。

すると、念が通じたのか、突然、小松崎が頭を上げた。

顔は真っ赤。その目は血走っていた。

「ウェイターさんよお。あんた、面白いことというなあ」

冬木の体が、ぶるっと震えた。小松崎の迫力に圧倒されそうになる。だが、負けるわけにはいかないと、冬木のほうも見返した。

「これは、真剣な提案です」

「あんたのいいたいことはよくわかった。だが、俺はな――」

そのとき、だった。

ドアを叩《たた》く音がした。思いのほか大きな音だった。

ドアがバッと開いた。「こっ、こんにちはあ」

背の低い太った女が立っていた。

年齢は五十歳前後。丸い顔の真んなかに眼鏡がちょこんと乗っている。レンズの奥には、線で描いたような細い目がのぞいている。無造作に後ろで縛った髪はところどころほつれ、濃いグレーのジャケットは、ボタンがはち切れそうだ。

冬木の記憶にはない女だった。一見《いちげん》客か？　しかし、個室にやってきたのはどうしてだろうか。それともこのなかの誰かが呼んだのか。

寒い時期なのに、女は汗だくで、首のあたりをハンカチでしきりにぬぐっている。

「あの、こちらにどのようなご用件でしょうか」

「ご用件？　そ、そうだったわ。ここに朝井加奈子さんはいらっしゃいますかね？　さっき、朝井さんの雑貨店にうかがったら、このレストランにいらっしゃるはずだと聞きましたて」

女はおちょぼ口をぼそぼそと動かすので、少し聞き取りにくかった。冬木は「朝井加奈子様にご用なのですね」と確かめた。

「そ、そうです。大事な用です」

「私が朝井加奈子ですが」加奈子が怪訝《けげん》そうな表情を浮かべて立ち上がる。

「もしかして」といいながら女がテーブルに近づいていく。「ここに集まっていらっしゃるのは、皆さん、朝井次郎さんの相続人の方々でしょうか」

「そうですが」

「なら、ちょうどよかったわ」女が細い目をさらに細める。

「あんた、誰だ」と小松崎がつっけんどんな声で尋ねる。

「あ、すみません。も、申し遅れました。私は、弁護士の坂巻春江《さかまきはるえ》と申します」

「弁護士？」小松崎の目が険しくなる。「でも、弁護士バッジしてねえよな」

「あ、ああ、そうですね」

坂巻が自分のスーツの襟のあたりを見る。「またつけ忘れちゃった。で、でも、正真正銘、弁護士です。これ、身分証明書です。に、にせものじゃありません。弁護士会に確かめていただいてもかまいません」

冬木は身分証明書をのぞき込んだ。十年以上前に弁護士登録がなされている。

坂巻は、朝井家の面々が招いた客ではない。しかも弁護士。――嫌な予感がした。

「あの、坂巻様」

冬木はテーブル席と坂巻の間に割って入った。「朝井家の皆様は、お話し中でございます」

「そのお話って相続のことよね？　こっちもそのことで話したいことがあるんです」

「具体的に、どのようなご用でしょうか」

「ああ、そうね。用件ね。用件。大事なもの、大事なもの……」

坂巻は、抱えていた黒革の大きなバッグに手を突っ込んだ。性格なのか、動きがせわしない。

しばらくバッグのなかを手でかきまわしていたが、「あ、これこれ」といいながら、バッグから手を出した。その手は薄い封筒をつかんでいた。

「実は、私、与三野キヨ氏の代理人として、朝井次郎さんの相続人のみなさまにお伝えしたいことがあって、参りました」

坂巻が封筒から一枚の紙を取り出して広げている。

――今、坂巻は、たしかに与三野キヨといった。

冬木の胸に、不安のしずくがぽたりと落ちた。

「う、うぉっほん」坂巻が咳払《せきばら》いをした。

「催告書。朝井次郎氏の相続人各位。一、与三野キヨは、以下の不動産の所有権が自らにあることを主張する。金沢市――」

住所は、希望の館のものだった。冬木の背中にざわりと鳥肌が立った。

「――二」

坂巻が書類を読み続ける。背筋をピンと伸ばして、声にも張りがある。さきほどまでとはまるで別人だった。

「現在の土地の名義人または相続人は、ただちに建物を撤去し、更地にしたうえで、与三野キヨに土地を返還すべし。以上」

坂巻は読み上げた書類をテーブルに置いた。

相続人たちの視線がその紙面に集まる。

冬木は、驚きのあまり、すぐには声が出せなかった。

「……さ、坂巻さん」ようやく発した声は自分のものではないようだった。

「今の話は、与三野さんからの依頼ですか」

「は、はい。そうです」

話し方は、この部屋に登場したときのように、ぼそぼそしたものに戻っている。

「よくわからないが、どういうことだ」と小松崎。

「あ、説明が下手で申し訳ありません。も、もうちょっとわかりやすく説明しますと」

坂巻の丸い頬を、一筋の汗が弧を描きながら流れていく。

「希望の館の敷地の所有権を、真の権利者である与三野キヨさんが主張しました。こ、これによって、朝井次郎さんが占有していた土地の取得時効は消滅したってことです」

「ってことは、なんだ。あの土地は、相続財産じゃなくなるってことか」

「そ、そういうことになりますね」

十九年続いていた時効が、今、途絶えた。これで朝井家の人間が、希望の館の敷地の所有権を第三者に主張することはできなくなった。

——まさか、こんなことが……。

冬木の思考が、瞬間、停止した。

目録を直さなければならない。いや、直さなくてもこれだけはすぐにわかる。

朝井家の遺産は、トータルでマイナス。つまり、借金のほうが多くなったのだ。

18

坂巻は、キヨの主張を告げに来た経緯を説明した。

「与三野さんが持っていた土地の賃貸借契約書を、私はこの目で見ました――」

キヨは警察や冬木らの前では、うまくごまかしていたが、幸男が持参した書類をこっそりと所持していた。幸男のことを警察へ通報したあと、何か感じるものがあったらしく、キヨは親せきに相談した。

法律事務所に勤務していたその親せきは、弁護士に事情を話した。その弁護士が坂巻だった。坂巻は、すぐにキヨのもとを訪れた。キヨから話を聞きつつ、幸男の残していった賃貸借契約書を見て、何が起きているのかおおよそ見当をつけた。

坂巻は、見た目によらず、やり手の弁護士だった。まずは法務局へ向かい、土地の売買の経緯を把握した。風雅のように登記簿の匂いから地面師が介在したことには気づかなかったが、そこは弁護士。与三野善治から土地を買い受けた松原良純にひっかかりを覚えて、松原の素性を調べた。

過去に松原が逮捕された詐欺事件をたどり、当時、松原を操っていた首謀者の一人に会いに行った。その人物は、とうの昔に地面師から足を洗っていた。

坂巻は、希望の館の敷地に関して詐欺を働いたかどうかを問い詰めたが、当然、そんな輩《やから》は、明るみに出ていない罪を認めることはなかった。

しかし、坂巻はひかなかった。元地面師にこう告げた。与三野善治から松原良純への土地売買が、登記簿偽造による不正なものだと認めるだけでいいと。もし認めるなら、地権者は法的な措置をとらないと約束する、だが、もしシラを切りとおすなら、被害届を出した上で損害賠償の請求をする、と。

果たして、元地面師は、昔、希望の館の敷地の登記簿を偽造したことを認めた。

坂巻は、わかったことをすべてキヨに伝えた。するとキヨからは、「土地を取り戻してほしい」と依頼があったという。

さらに坂巻は、相続人を前にこうもいった。

「もし、あの土地を手放したくなければ、土地の売買に応じます。ただし、金額は四千万円です。ふっかけていると思わないでくださいね。あの土地の時価ですから。二千万円で今後も使用するのを認めてくれって提案には応じません。ずっと使ってきたのに、時価の半値で今後も使わせてくれだなんて、そ、そんな虫のいい話はありませんから」

坂巻は小さな目を一瞬だけ大きくすると、「私、忙しいので」といってレストランを出ていった。

与三野キヨを見くびっていたと、冬木は今さらながら気づいた。

三人の相続人たちも、事態の思わぬ展開に、言葉も出ない様子だ。

負債のほうが多いとなると、実入りは期待できない。小松崎に相続放棄をさせて、自己破産のあとに遺産を分配するという、冬木の秘策は吹き飛んでしまった。

坂巻がいい残していった四千万円を払って土地を買うという選択もありえない。ただでさえ、六千万円の連帯保証の債務があるうえに、四千万円の支払いはとてもじゃないが無理だ。

　冬木は目録を書き直すために、とりあえず電卓をたたいた。希望の館の敷地を資産から外し、その一方で、負債には建物撤去と整地の費用を加えなくてはいけない。五百万円は見ておく必要があるだろう。

　簡単な足し算と引き算なのに、電卓を二度も打ち間違えた。こめかみのあたりでは、血管がどく、どく、と音を立てている。

　焦るな、冷静になれ。何度もいい聞かせたが、よもやの事態に、冬木も平常心をすぐには取り戻せなかった。

　書き直した財産目録をようやくテーブルに置いた。

財産目録（修正版）

■資産

現金・預金	2300万円
遺品（書籍）	40万円
東山の実家（土地）	2000万円
同右（建物）	評価額無し
~~希望の館（土地）~~	~~4000万円~~

同右（建物）――――評価額無し
資産合計　4340万円（修正）

■負債
連帯保証債務　6000万円
減額　3000万円
希望の館撤去費用　500万円（追加）
負債合計　6200万円（修正）

「修正した資産と負債を比べると、負債のほうが千八百六十万円上回ります」

「これだと、どうなっちゃうんですか」と圭吾が尋ねた。

「遺産を相続するのなら、保証債務を引き受けることになるので、差額の千八百六十万円を支払わなくてはいけません」

「やっぱり、そうなんだ」と圭吾は残念そうな声を出した。

「ただ、相続を放棄するのなら支払い義務は生じません。その場合、財産の一切も引き継ぐことはできなくなりますが」

「冬木さん、ほかに何かいい方法はないんでしょうか」

そう訊《き》かれても、何もこたえられなかった。

冬木自身、取得時効が消滅したと聞いてから、思考が漂流し始めていた。遺産分割の協議をどういう方向に導いていいのか、何も思いつかない。どんづまりだ。

だからといって、何もしないわけにはいかない。とりあえず冬木は、相続放棄をする場合、負債があることを知った日から三か月以内に意思表示しなくてはいけないことを相続人たちに説明した。

「もし、三人全員が相続を放棄したら、どうなるんですか」

「法律で定める第二順位の相続人、たとえば親や叔父《おじ》、叔母《おば》がいれば、相続権は移ります。ですが、今回のように負債の額が千八百六十万円も多い場合、どなたにもメリットはありませんので、資格を持つ方が順番に相続権を放棄していくのが一般的です」

全員が相続を放棄すると、財産は裁判所が選んだ破産管財人によって処分される。不動産は競売にかけられ、売買代金は債権者に分配される。決着がつくまで、相当の時間がかかる。

「限定相続という方法もありますが、その場合、それ相応の負債を引き継ぐことになります。費用も時間もかかりますし、現実的な方法ではないですね」

「じゃあ、負債を抱える覚悟で財産を受け継ぐか、財産も負債もまとめて放棄するかのどっちかってことかあ」

「そのとおりです。ですから——」

冬木は加奈子へ目を向けた。「東山のご実家を残したいというならば、負債を背負わなくてはいけません」

加奈子は押し黙っていた。その表情からは何も読み取れない。

今日の話し合いはここまでか、との思いがよぎる。どうせ負債のほうが多いのだ。無理する必要はない。

「みなさん、債権者から提案のあった三百万円の減額ですが、この際、減額は求めず、日を改めて協議をすることにしてもよいかと思いますが、どういたしますか」

「いや。俺は今日で話し合いを終わらせてしまいたい」

小松崎がいった。「こう何度も集まるのも面倒だ。いろいろと忙しいんでな」

「俺もそのほうがいいっす」と圭吾も同意した。

加奈子もしばらく考え込んでいたが、

「もし三人が納得できるなら、今日で決めてもいいです」とこたえた。

意外だったが、相続人たちがその気なら……。時計をみると午前十一時二十五分だった。このまま話を続けるより、いったんランチを挟んだほうがよさそうだ。冬木自身も冷静になる時間がほしかった。

「相続するか、放棄するか、考える時間が必要かとも思います。少しお時間は早いですが、ランチの準備をいたします。ランチを食べながら考えていただいて、食事のあとに、ご意見をお聞かせいただければと思います。いかがでしょうか」

この冬木の提案に、三人の相続人たちは神妙な表情でうなずいた。

冬木は、厨房《ちゅうぼう》の風雅に日替わりランチを三名分注文した。今日のメインディッシュはポークベーコン巻きである。

ランチ目当ての客がそろそろ店に来る時間でもあった。冬木が個室にかかりきりなので、照葉だけではなく、今日はハナもウェイターの服装でフロアに立っていた。

ハナが近づいてきた。「順調ですか」

冬木は、「いや」と首を横に振り、坂巻が現れてからの状況を説明した。

「それマズいじゃないですか。でも、さっきの人、まさか弁護士だったとはなあ」

坂巻さえ来なければとの思いがつきまとうが、今さらどうにかできるものでもない。

相続人たちは今日で分割協議を終わらせたいという思いだけは一致している。気持ちを切り替えて、新たな方向性を考えなくてはいけない。

三人にとっては、どういう結果が望ましいのか。負債のほうが上まわっている状態では、遺産を受け継ぐメリットはない。圭吾と小松崎は相続放棄をするだろう。金が懐に入らなければ、この二人にとっては、相続は何のありがたみもない。

全員が相続放棄すれば、あっさりけりはつく。だが——。

「冬木さん」

照葉だった。「今の話、心配ね。東山の実家は残せないの？」

「想定外の事態が発生してしまったので、残念ですが、相続放棄を選ぶのが現実的だと思います。ただ、加奈子さんがどう考えているか」

問題はそこだ。会社の経営がうまくいかず、負債を返すだけの資力に乏しい状況であっても、加奈子は「相続する」というかもしれない。だが、それも間違いとはいいきれない。実家の相続は、資力の問題ではなく、彼女の心の問題だからだ。

「難しいですね、本当に……」そうつぶやいて、冬木は思わず目を閉じた。

厨房から、ふわりと香ばしい匂いが漂ってきた。ポークベーコン巻きを炒《いた》めたときのバターの匂いだった。

冬木はなぜか懐かしい思いに駆られた。

脳裏には、どういうわけか紅殻《べんがら》格子の町屋が浮かんできた。

それは加奈子の実家だった。

夕陽で紅殻色がまぶしく輝いていた。家の中からは子供たちの声が聞こえてくる。

幼い加奈子と圭吾が縁側で本を広げていた。二人はまだ小学生にもなっていない。

冬木が近づくと、二人が顔を見上げた。

「ねえ、パパ。一緒に読もう」

息が止まった。そこにいたのは、加奈子と圭吾ではなく、冬木の娘と息子だった。

奥のキッチンから、リズムよくまな板をたたく音が聞こえてきた。

誠子だ。いつものハミングも聞こえてくる。

まぶたが熱くなっていた。思わず鼻梁《びりょう》を指でつまむと、現実に戻された。

「どうしたの？　冬木さん。目が赤いわよ」目の前には、照葉の顔があった。

「なんでもありません」

心のよりどころを失くしてはいけない。心に吹きつけるあの風は、感じた人間にしかわからない痛みを伴う。心の創痍《そうい》から自分を守ってくれた家。それを失ってしまえば、加奈子にはもう何も残らない。

――あきらめてはいけない。なんとかできないか。

気づいたら、ズボンのポケットのなかでスマートフォンが振動していた。

普段は仕事中にスマホは持たないが、幸男と電話をするため、今日は持ったままだった。

画面を見ると京子だった。遺産分割協議の状況が知りたいのだろう。今の段階では、電話に出たくなかったが、無視するわけにもいかない。

「はい、冬木」

〈どう？　協議は終わった？〉

「まだ続いている」

相続財産が減って負債のほうが大きくなったことは、いいたくなかった。

〈うまくまとめてくれるのを期待してるから。ああ、それと、気になるものを見つけたの。多分、知らないだろうから、教えてあげようと思って〉

「なんだ。こっちは忙しいんだ」

〈なら、すぐに切るわ。伝えたかったのは、小松崎氏に関することなんだけど〉

「なに」

〈金沢商工会議所の会報に彼が載ってたの〉

「商工会議所の会報？　どうしておまえがそんなもの見ているんだ」

〈クライアントになりそうな会社を探してたのよ。そんなことより、小松崎氏って、たしか博行って名前だったわよね〉

「ああ」

〈じゃあ、やっぱりそうだわ。とりあえず、会報を見ればわかるから。アップされたばかりの今月号よ。あとで、小松崎氏に営業をかけてみるつもりだから〉

「営業？」

〈忙しいんでしょ。こっちも忙しいから。じゃあ、切るわね〉

電話は切れた。気になったので、すぐに検索して商工会議所のホームページにたどり着いた。会報は毎月発行しており、過去一年間分がダウンロードして取り出せるようになっている。

会報のバナーをクリックすると、今月号のところでNEWマークが点滅していた。

ダウンロードしてページを開いた。指を滑らせてページをめくっていく。

指が止まった。画像に見覚えのある姿が映っていた。泥だらけの作業着。口の周りの無精ひげと真っ白い歯。まぎれもなく、あの小松崎だった。

〈キラリ☆金沢の食通たち〉第35回
大規模化とオーガニック米の生産に注力
株式会社「大地の恵み」社長　小松崎博行さん

三年前に農業経営者が高齢を理由に経営から退くことになり、従業員だった小松崎さんは農場を引き継ぐことを決意。小松崎さんいわく「人生最大の大博打《ばくち》」を打ち、銀行から三千万円の融資を受けて、農業法人株式会社「大地の恵み」を設立した。その後、後継者不在に悩む周辺の農業経営者と次々と賃貸借契約を結び、稲作を柱とする大規模農業を展開した。大規模農業では重機を使うことが多く、若いころに土木工事の現場で重機を操作していた経験が役立っているという。

こうした大規模農業を展開していく一方で、最近は化学合成農薬や化学肥料を使わないオーガニック米の生産にも力を入れ始めた。うまくいかないことのほうが多いが、失敗を恐れず取り組んでいる。「伝統文化の根づく金沢だからこそ、古いものを守りながらも、新しいものにも挑戦していく」と強い信念を抱く。

田を引き受けてほしいとの声は今もひっきりなしにかかる。「大地の恵みのビジネスモデルは期待できる分野。どれだけでも融資すると金融機関からいわれた」と胸を張る小松崎さん。「大地の恵み」の今後に注目だ。

驚きに打たれながら、茫然《ぼうぜん》とスマホの画面を見つめた。

泥だらけの作業着姿、毎日、朝が早い、重機を動かしている……。小松崎は会社経営者、しかもてっきり土木作業員だと思っていたが、間違いだった。

右肩上がりの大規模農業を展開する農業法人の社長――。

三千万円の借金はギャンブルによるものではなく、新しい会社を設立するための準備資金だった。これはたしかに大勝負だ。そして、その勝負で小松崎は勝っている。だから、金融機関は融資に積極的なのだ。借入額が五千万円に増えたのも規模拡大が理由だろう。

小松崎に自己破産を勧めたなんて、大きな間違いを犯した。あのとき小松崎はどんな思いで話を聞いていたのだろうか。

肩を震わせ、顔を赤くしていたのは、怒っていたわけではなく、真剣な表情で見当違いの話をする冬木のことがおかしくて仕方なかったにちがいない。

いつのまにか、冬木の額に冷や汗が浮かんでいた。

自己破産の提案は間違いだったと、今から撤回しにいくか？

一瞬、そんな思いがよぎったが、その必要はないと感じた。どうせ、小松崎は相続を放棄するのだ。さっきの話は間違いでしたと、わざわざ触れる必要もないだろう。

――いや、待て。

冬木の脳裏を一筋の光が走った。これはもしかすると……。

会社経営が順調な小松崎であれば、銀行は融資にも応じてくれる。小松崎なら連帯保証の六千万円を返済することができるのではないか。そうなれば、小松崎名義になるとはいえ、東山の実家を残すことができる。

だが、そんなに簡単にいく話ではない。肝心なのは小松崎の気持ちだ。

元々、小松崎の希望は、一人ですべての遺産を受け継ぐというものだった。だが、あのときとでは状況が変わってしまっている。今は、負債のほうが多い。小松崎も相続放棄に気持ちが転じていると考えるのが自然だ。

難しい状況にあるのは変わらない。だが残された唯一の方法は、小松崎にすべてを相続させる。これしかない。

あの男を説得できるとしたら何だ？　どうすればいい？

資産だけでなく負債も故人の立派な財産です、どうか相続してください。

そんな口先だけでは、だめだ。子供だましの言葉に小松崎がうんというはずがない。

大事なのは心だ。では、どうすれば、小松崎の心に入り込むことができるのか。

「どうかしたの、冬木さん。スマホ持ったまま、固まっちゃって……」

照葉が冬木のスマホをのぞき込む。「あら、小松崎さんじゃない」

スマホの画面に再び視線を落とす。ある一文が目に留まった。

伝統文化の根づく金沢だからこそ、古いものを守りながらも、新しいものにも挑戦していく——

これが小松崎の心。小松崎を説得する材料は……。

冬木は思考を巡らせた。

伝統文化、人の心、想い、相続……。

相続、相続とは——。脳の奥から誰かの声が聞こえてきた。

その声に静かに耳を傾けた。そこにヒントがあるような気がして、思考回路が徐々に勢いを増してきた。

瞬間、脳内を二本の閃光《せんこう》が走った。——これだ。

厨房《ちゅうぼう》の大きな作業台を見やる。風雅がポークベーコン巻きを皿に盛りつけていた。豚のフィレ肉をベーコンで巻いて串《くし》に刺したものだ。付け合わせは、ポテトグラタンに、ブロッコリー、にんじんの塩ゆで。

——残念だが、どれも違う。

厨房内に目を走らせた。ある鍋《なべ》のところで目が止まった。

「風雅、個室の客に副菜をひとつ、頼みたい」

「え、そうなの」

「洋風のふろふき大根を作ってほしいんだ。下ゆでした源助だいこんに、ソースはタンシチューのルーで」

風雅がかすかに眉《まゆ》をひそめた。あまり乗り気ではないようだ。

「頼む。すぐにできるだろ」

「できるけど……まずは冬木さんの分だけね」

風雅が、鍋から煮込んだだいこんを皿に取り、別の鍋からすくったタンシチューのルーをその上にたらした。

ルーのいい香りが鼻をくすぐる。そう、これだ。加賀野菜と心を転ばせるルーの最強の組み合わせ。これで小松崎を——。

皿を手に取り、箸《はし》で半分に割った大根を口に入れた。

舌にルーがしみこんでいく。そして、大根を嚙《か》む。

——あれ？

源助だいこん独特のほんのりとした甘みが感じられない。それどころか大根自体の味がほとんどしない。

どういうことだ？　これじゃあ、心なんて動かないぞ。

風雅と目が合った。ね、わかった？　と目で訴えてきた。

冬木が首をひねっていると、「じゃあ、説明しようか」と風雅が口を開いた。

「タンは煮込むほど柔らかくなるけど、その分、風味が強くなる。その風味とうまくバランスを取るには、ルーもそれなりに主張の強いものを使うわけ。下ゆでしただけの大根だと、ルーのパワーに負けちゃう」

そうだったのか。だが、その説明に納得して終わりというわけにはいかない。

フロアはランチの客が入り始めていた。風雅に今から加賀野菜を使ったほかの料理を一から用意させるのは時間的に無理だろう。

やはり、主役は源助だいこんでいくしかない。

大根の甘さを引き立てるためには、何が合う？

ふと、カウンターの注文伝票に視線を落とす。やはり、人気なのは日替わりランチだ。

――そうか、あれがあったか。

「風雅。悪いが、もう一回ふろふき大根を頼む。かけるのは別のソースで」

「新しいソース？　今すぐには作れないよ」

「あるものでいいんだ。使うのは――」

「それ、いいかもね」今度は風雅も納得顔だ。

風雅がさっそく準備をした。「はい、どうぞ」

箸で割って、口に入れる。予想どおり、いや、予想以上だ。

「これを三つ頼む」

風雅が手際よく料理を準備し、冬木は個室用の料理をすべて配膳車《はいぜんしゃ》に載せた。

「風雅。このソース、フランス語でなんていうのか、知ってたら、教えてくれ」

風雅が軽く顎《あご》を動かす。「たしか、ソース・ブランシュ」

冬木は一度大きく深呼吸をしてから、個室に向かった。

19

「本日の日替わり、ポークベーコン巻きでございます」

ランチの皿を相続人たちの前に並べた。それと――。

「季節の料理を味わっていただきたく、もう一品ございます」

「まだあるのか」小松崎が嬉《うれ》しそうな顔をした。

「フレンチ風ふろふき大根です」

ふろふき大根にやや黄色がかったホワイトソースをかけたもので、彩りとして小さくちぎった赤紫の花びらや青菜がふりかけてある。

「洋食でふろふき大根なんて、珍しいな」

「料理の正式名称は、源助 de ソース・ブランシュといいます。使っているのは、加賀野菜のひとつ、源助だいこんです。一見、普通の大根の煮物に見えますが、肉質はとても柔らか、それでいて、煮崩れしにくいという特徴があります」

「どれもおいしそうですね。いただきます」

圭吾が手を合わせると、それが合図だったかのように、加奈子と小松崎も手を合わせて食事を始めた。はじめに、小松崎はライスを食し、加奈子はスープを飲んだ。

圭吾はさっそく大根の皿に箸を伸ばしている。

大根を口に入れた圭吾が、意外という顔をした。「これ、甘いですね」

「どれ」と小松崎も大根を口に入れ、「ほう」と小さく唸《うな》る。

「味付けではなく、大根自体の甘さによるものです。加奈子さんもどうですか」

冬木にすすめられて、加奈子も大根を口に運ぶ。

「不思議。大根の煮物が洋風のクリームソースとあうなんて。あ、このソースってもしかして」

「はい。ホワイトソースピラフの、あのソースです」

冬木の強い押しで先月からランチメニューに加わった。しかし、上品さがかえってよくなかったのか、ランチタイムの注文は少なく、風雅もそろそろ外したいといっていた。だが、今回、このソースが生きた。さきほど冬木も食べたが、予想以上の味だった。源助だいこん本来の甘さを引き立たせるには、薄味のクリームソースが適役だった。

三人は黙々とランチを食べている。

冬木は少し離れたところで〝待ち〟の姿勢を取った。相続の話が思わぬ方向に進んだことで、どこか表情の硬かった相続人たちも、徐々に表情が和らいでいった。

そろそろだと思い、冬木は一歩前に出た。

「さきほど説明したこの源助だいこんですが、実は、つい最近まで、栽培面積が減り続けていました」

「え、そうなんですか。こんなにおいしいのに、どうして?」と圭吾が尋ねる。

「栽培時期が限られているというのもありますが、F1品種に長くおされてきたのが一番の理由です」

「Ｆ１品種って何ですか」

「形がよくて、病気にもなりにくい野菜の品種のことです。農家が作りやすいようにと設計されたもので、スーパーで売っているのは、たいていそうです。そのＦ１品種と区別されるのが、在来種あるいは伝統野菜と呼ばれる品種で、味だけではなく、形や色に古くからの風合いを残している、市場受けを狙わない野菜です。この源助だいこんは、まさにそのひとつです」

「聞いたこと、あるわ」と加奈子がいう。「伝統野菜は、ここ金沢では加賀野菜と呼ばれていて、十五種類が認定されているんですよね」

「そうです。農家としては、安価で形のいいものを作りたいという思いがあったため、加賀野菜は長く敬遠されてきました。しかし、ここ最近では、見直す動きが出始めています。品種改良されずに自然な形で長く受け継がれてきた加賀野菜を食べたい。そんな消費者のニーズが増えてきたんです」

「加賀野菜に、そんな由来があったなんて知らなかった」と圭吾がいう。「ただ金沢で作っているから、ブランド名として使っているだけだと思ってた」

――ここからだ。冬木は少し胸を張って声を出した。

「実は、グリル・ド・テリハは、ここ最近、相続レストランと呼ばれています」

「ウェイターが相続の相談に乗るからですよね」と圭吾が微笑む。

「もちろん、それもあると思います。しかし、僕の解釈では、レストランの売りが加賀野菜だからこそ、相続レストランという呼び名がぴったりくるのではないかと思っています」

「加賀野菜と相続？　そのふたつって何か関係あるんですか」

「大いに関係あります。相続という言葉が持つ本来の意味が関係しています。圭吾さん、改めてお尋ねします。相続って、どういう意味でしょうか」

「亡くなった人の、財産を受け継ぐって意味でしょ」

「今は、そうです。ですが、相続という言葉は、元来、仏教用語でして、そこには、もっと深い意味がありました」

三七日の法要のあとに聞いた、現覚の言葉を冬木は思い返していた。

――〝相〟という言葉には、姿、つまり存在という意味があるんだよ。

「その存在が続いていくことが、〝相続〟の本来の意味でした。この世のあらゆることは常に変化していく。だけど、受け継がれる存在は決して絶えることなく永遠に連続していくもの、そんな意味がこめられていたんです」

へえ、と圭吾がうなずく。加奈子も箸《はし》を止めて冬木を見ている。ただ、小松崎だけは、冬木の話を気にする様子もなく、串刺《くしざ》しのポークベーコンを口でくわえて串を抜くと、あごを上下に動かして咀嚼《そしやく》している。

届いていないのか――。焦燥が募るも、意識し過ぎるのはよくないと自分にいい聞かせて、冬木は語り続けた。

「ところが、今やお金や土地など目に見えるものを受け継ぐことが相続になってしまっています。もちろん、それも相続のひとつだと思います。ですが、目に見える財産だけではなく、亡くなった方の思いや教えてもらったことを引き継いでいくことが、相続のなかでも、もっとも大切な部分ではないでしょうか」

――小松崎の心を動かすには、どうすればいい？

――今の小松崎にはどんな言葉であれば、しみるのか？

この部屋に入る直前まで考え続けた。

小松崎は、大規模農業の生産者として成功を収めていた。では、悩みや課題などはないのか。いや、そんなことはない。悩みのない経営者など一人もいない。

会報に、古いものを守りながら、新しいものにも挑戦すると書いてあった。あれはオーガニック米のことだろう。小松崎は、ただひたすら規模を拡大して収益を追求するだけの経営者ではなかった。

オーガニック米の栽培は簡単ではない。害虫にやられやすいリスクの高い農法で、取り組んでいる農家は栽培に苦労している。それでも失敗を恐れず挑戦し続けるのは、大地や自然へのリスペクトがあるからだ。

小松崎はその思いを強く抱いている。「大地の恵み」という社名が、まさにそれを表している。

だからこそ、冬木は加賀野菜を選んだ。小松崎の心に届くのはこれしかないと。

「たとえ、自分の肉体がなくなっても、目に見えるものも見えないものも、誰かが引き継いでいく。それこそ、まさに仏教でいう相続です。そこには加賀野菜と通じるものがあります」

冬木は部屋の空いているスペースをゆっくりと歩き始めた。

「品種改良が行われることなく今日に至った加賀野菜は、形、色、味が昔のまま受け継がれてきました。そんな野菜の特徴は、人間の相続にたとえるなら、先祖代々の人生観、教え、ひいては家風といったものに置きかえられるのではないでしょうか」

冬木は足を止めると、配膳《はいぜん》台の下段に用意してあった源助だいこんを手にした。

「この大根は、普通の大根に比べて、太くて短い形をしています。見た目はおせじにも格好いいとはいえません。しかも、出荷時期は短く、生産者泣かせでもあります」

源助だいこんをテーブルの中央に置く。加奈子と圭吾だけでなく、小松崎の視線も源助だいこんをとらえていた。

「こんな面倒な野菜ですが、口にしたときの深い味わいは、みなさんが、ふろふき大根で感じたとおりです。この大根を絶やしてはいけないという作り手たちの思いと、大根に宿る種としての本能が長く受け継がれてきた。だからこそ、今ここにこの料理がある。フレンチ風のふろふき大根として、みなさんが堪能《たんのう》できたわけです」

冬木に誘われるように、相続人たちの視線が、それぞれのふろふき大根に移る。

「時代が変わっていこうとも、変わらない形や味が人々に受け継がれていく。それはまさに加賀野菜にとっての相続といえるのではないでしょうか。グリル・ド・テリハは、お客様にそういう思いを届けるレストランでありたいと思っています。少し、長い話になって申し訳ありませんでした。ではこのあとも、ゆっくりとご賞味ください」

20

デザートのパンナコッタを食べ終えると、加奈子と圭吾はコーヒーを、小松崎は紅茶を注文した。

静かなテーブルには、緊張感が漂っていた。

三人とも、ときどき飲み物を口にするだけで会話はない。

「遺産分割協議を再開したいと思いますが、よろしいでしょうか」

冬木の声に三人がうなずく。緊張のせいか、冬木の体にもぞくりと震えが走った。

「資産と負債を全て受け継ぐ単純相続、あるいは、資産と負債の全てを放棄する相続放棄、このいずれかを選択していただくことが適当と説明いたしました。限定相続は手続きや費用面で難しいので、おすすめはいたしませんが、どうしてもということであれば、意思表示をしてください。では、これより、朝井次郎さんの法定相続人であるみなさんに、どれを選択するのか、最終的なお気持ちを聞かせていただきます」

冬木は、圭吾のほうを向いた。「順番は年少者からということで。圭吾さんどうぞ」

「は、はい」

圭吾は大きく息を吸ってから「俺は、相続を放棄します」といった。

「念のため、もう一度確認します。相続放棄ということでよいですか」

「はい。金が手元に残らない、借金を背負うだけの相続は、俺にはキツいです」

「わかりました。では、次に、加奈子さん。相続について、どうなさりたいか、お聞かせください」

「……はい」

加奈子がどんな判断をするのか。これによっては少しややこしくなるかもしれない。

加奈子はうつむき加減で、まだ考え込んでいる様子だった。

誰もせかそうとはしなかった。

一分以上経過して、ようやく加奈子が顔を上げた。

「私は……実家を残したい」

加奈子は宙を見据えていた。

「誰もいない実家に行くと、今でも両親や祖母がそこにいるような気がするんです。きっと、あの場所には先祖の思いが宿っているのだと思います。冬木さん、おっしゃいましたよね。相続は姿であり、思いを伝えるものだって。私もそのとおりだと思います。

何があっても、あの場所は守らなくてはいけない」

加奈子の瞳《ひとみ》を急に涙が覆っていく。

「でも私は……相続を放棄します」

「姉さん、それでいいの？」

加奈子がゆっくりとかぶりをふる。

「実家を相続したい気持ちは今も変わらない。でも、その前に会社をなんとかしたい。両方は、無理」

「姉さん……」

「お父さんにもお母さんにも、おばあちゃんにも本当に申し訳ないと思っている。圭吾には、小さいころから、いつもえらそうなことをいってきたけど、ごめんね……力不足よ。私には、あの場所を守ることはできない」

声を震わせる加奈子は、ぎりぎりのところで感情を抑えている。

冬木はあえて淡々とした口調で加奈子に訊《き》いた。

「では、確認です。加奈子さん、相続放棄ということでよいですね」

「……はい」

絞り出すような声だった。

小松崎をちらりと見やる。小松崎は、ときどきティーカップに口をつけながら、窓の外を眺めていた。圭吾と加奈子が意思表明をする間も、ずっとそんな様子だった。

この男はもう遺産分割に興味はないのか——。そんな思いがふとよぎった。

「では、最後に、小松崎さんにお訊きします」

小松崎は反応しない。まるで聞こえていないかのようだ。

「小松崎さん」

冬木がもう一度呼びかける。

小松崎がティーカップを置いて、冬木を見上げる。

「相続するか、相続放棄するか、どちらを選択しますか」

冬木と小松崎が対峙《たいじ》した。緊張の波が、冬木の胸に押し寄せてくる。

「ウェイターさんよ。何度もいわせないでくれ」

ひどく面倒くさそうな声だった。「——俺が全部相続する」

「もう一度、お願いします」

「だから、初めてここに来たときから、ずっといってるだろ。俺が全部相続するって」

「すべての財産を受け継いでも負債のほうが多い、つまり借金が残るのですが、それでもいいのですか」

「ああ、わかってる。それがどうした」

冬木は、〝待ち〟の姿勢で両手を重ねながら、密《ひそ》かにこぶしを握り締めていた。

「あの、小松崎さん」

圭吾がどこかなだめるような声で口を挟んだ。「もう感情的にならなくてもいいんじゃないですか。最初の言葉を撤回したって、かっこ悪いことはないですよ」

「色男クン。心配は無用だ。俺は感情的になんかなっていない。かっこ悪いから撤回しないわけでもない」

「だって、もし、相続したら、何千万も払うことになるんですよ」

「多分、何とかなる」

「何とかなるって、そんな簡単に引き受けられる額じゃないですよ。最近は土木作業の仕事も給料はいいって聞きますけど」

「土木作業をしているなんて、俺はいってねえと思うが」

「えっ、違うんですか。じゃあ、どんなお仕事をなさっているんですか」

問われた小松崎はわずかに首をかしげるだけで何もいわない。

「小松崎さん。僕が申し上げてもよいでしょうか」

「なんだ、あんた知ってたのか」

小松崎の片方の眉《まゆ》が動いた。「――なら、教えてやってくれ」

「圭吾さん、小松崎さんのお仕事は農業です」

「農業？　でも、初めてここでお会いしたとき、ホイルなんとかっていう重機を使っているとかいってませんでしたっけ？」

小松崎が、ははっと軽く笑った。

「広い土地を耕すには重機がないと効率が悪いからな」

「俺の思い違いだったんですね。でも……いまどきの農家の経営者は、従業員にそんなにいい給料を払ってくれるんですか」

「圭吾さん、小松崎さんは従業員ではありません。経営者なんです、大規模農業の」

「え！」

「しかも経営は絶好調らしいです。だから、銀行は小松崎さんにとても協力的です。小松崎さんが相続財産の負債をなんとかしたいといえば、銀行は融資も視野に丁寧に検討してくれるはずです。そうですよね、小松崎社長」

「銀行がいくらでも貸すといってるのは確かだ。最近じゃ、どの銀行も新規の融資に困っているみたいで、低利で融資を受けないかって、しょっちゅう顔見せに来るんだ」

「冬木さん、今の話、本当に信じてもいいのですか」

加奈子が尋ねる。その顔には惑いの色が浮かんでいる。

「急にそんな話を聞かされても、私には信じられなくて」

「ベン子に信じてもらえなくたって俺は構わねえけどな」

小松崎は少しだけ顔をしかめた。

「では、これをご覧ください」

冬木は加奈子と圭吾の二人にスマホの画面を見せた。

「ああ……」二人とも、それ以上言葉が続かず、衝撃に打たれたような顔をしている。

「何を見ているんだ」小松崎も体を伸ばして、スマホを見る。「ああ、それな。昨日アップされたらしいな。商工会議所のウェブサイトなんて、よく気づいたな」

「知り合いが見つけて、連絡をくれたんです。その知り合い、小松崎さんにいろいろと経営アドバイスをしたいといってました。近いうちに連絡があると思います」

「おう、いい話なら、とりあえずなんでも聞くぜ」

「あの、小松崎さん」

加奈子がスマホから顔を上げた。まだ不安そうな表情をしている。

「事業をなさっていることはわかりました。しかし、借金してまで、遺産を受け継ぐって、それで本当にいいんですか」

「だから、何度もいわせるなって。あとな――」

小松崎が椅子に背を預けた。「希望の館だっけ。あの土地、四千万円なら売ってくれるって話だろ。あれも買い取ろうと思っている」

「あそこは住宅地で農業なんてできませんよ」

「違う。希望の館を続けるんだよ」

「小松崎さんが、ですか」

「いいや。輪島の病院にいる、彼がだ」

「幸男兄さんが、ですか？」

「そうだ」

「小松崎さん……」

加奈子が瞬《まばた》きも忘れるほどの目で小松崎を凝視している。

「どうしてそこまでして……。あなたは今までずっと朝井家から何もしてもらえなかったた。恨んでいたんじゃなかったのですか」

小松崎は何もいわない。


時間が止まったかのように、空間が静寂に包まれた。


「だってよう――」小松崎が窓の外に目を向けた。

そして、少しまぶしそうな目をして、つぶやいた。

「相続って、そういうもんなんだろ」

冬木はベルトのあたりで手を重ね直して、背筋を伸ばした。

「これをもちまして、朝井家の遺産分割協議は終結します。よろしいでしょうか」

小松崎、加奈子、圭吾の三人がゆっくりとうなずいた。


その晩、京子へ連絡した。小松崎一人が相続することになり、連帯保証分の金を支払うことを伝えた。

十九年前の土地取得の経緯と時効の消滅を話したときは、京子も、えっと声を出してかなり驚いた様子だった。

〈それでよく相続しようって気になったものね。普通なら、全員が相続放棄をしてもおかしくない展開よ〉

「でも、そうなったら、おまえだって困っただろ」

〈たしかに、そうね〉

相続人全員が相続放棄をすれば、裁判所が手続きを進めることになり、不動産などは競売にかけられる。債権を全額回収するのは難しかっただろう。時間もかかるため、京子は回収代行の仕事から外されていたかもしれない。

〈私が伝えた情報が役に立ったわけね〉

「そこは礼をいう。だけど、おまえが商工会議所のああいう地味なサイトをチェックしているなんて驚いたな。案外、まともなクライアント探しをしているじゃないか」

すぐに反応があるかと思ったが、間があった。

〈……もう懲りたから。今は、筋の悪い仕事はしないようにしているの。この債権回収の仕事だって、単発で頼まれたから引き受けただけ。アルバイトみたいなものよ〉

「そうだったのか」

少し意外な気もしたが、この女も変わろうとしているのかもしれない。

「誠子の実家に行ったんだってな」

〈玄関のところまでね〉

「そうらしいな。どうして、なかにはいらなかったんだ」

〈だって……〉

京子から次のセリフは出なかった。沈黙から苦しさが伝わってくるような気がした。

いつも強気のふりをしている京子だが、心のうちは違うのかもしれない。

冬木のほうも言葉が見つからず、「じゃあな」といって電話を切ったのだった。

21

冬木は天井を見上げた。普通の家よりも高い位置にある。

邸宅と呼ぶにふさわしい家だった。広い客間には、革張りのソファセットが中央に備え付けられている。

今、そこに、四人の男が向かい合って立っていた。

冬木の隣には素顔の幸男。向かい側には、短髪を逆立てて細身のスーツを身に着けた男がいた。年齢は五十代のはずだが、どう見ても四十代にしか見えない。

男は口元に少しだけ笑みを浮かべて「江田島孫六の長男、浩一郎《こういちろう》です」といった。

浩一郎の隣にいる年相応の中年男性が、例の野村弁護士だった。

「あ、朝井幸男です」

自己紹介をするとき、幸男がもぞもぞと太った体を動かした。

「あなたは？」野村が冬木に目を向けた。

「冬木と申します。幸男さんの相続について、相談を受けています」

「あなたも、弁護士ですか」

「いいえ。僕はレストランのウェイターです」

「ウェイター？」浩一郎と野村が目を丸くした。

「卯辰山にある、グリル・ド・テリハというレストランで働いています」

「そうですか。まあ、どうぞ、おかけください」

浩一郎に勧められて、冬木と幸男は腰を下ろした。ネットの画像で見た父親はあぶらぎった昭和の政治家の風情を漂わせていたが、息子のほうはスマートな印象である。

国会議員の秘書をしていた浩一郎は、引退した父孫六のあとを継いで、県議会議員となった。金沢地区では断トツのトップ当選で、現在二期目だ。巷《ちまた》の噂では、次は国政選挙に出るのではともいわれている。

「朝井さん、さっそく本題に入りますが」

浩一郎の目が急にきつくなった。

「父には、私たち江田島家の子供四人のほかに、朝井さんを含めて隠し子が三人おりましてね。なかに、一人、女性がいるんですが、その方の夫が、遺産相続のことに口を出してくるんです。この家をよこせとか、遺産は均等分割なんかでは到底納得できないとかいってですね。こちらとしては、ほとほと困っている状況でして。さらに、お恥ずかしい話なんですが、兄弟のなかにも、うるさいのがいましてね……」

相続はどこも似たような話であふれている。普段、金に執着するのはみっともないと口にする人間ほど、相続に直面すると、ほかの相続人よりも一円でも多くとろうと必死になる。この浩一郎にしても、自分が少しでも多く相続したいと思っているんだろう。

浩一郎がペラペラと話し続ける。話し出すと止まらない質《たち》らしい。

幸男はどうしていいかわからずに、「はあ、はあ」とうなずいている。

いつまでたっても幸男が口を挟まないので、冬木は適当なところで「財産目録を見せていただけますか」と浩一郎の言葉を遮った。

「じゃあ、あれを」

準備してあった財産目録を、野村がテーブルに広げた。

不動産は自宅のみで約一億円。現金預金は、株とあわせて一億一千万円。負債はない。全部でざっと二億一千万円。もっとあるかとも思ったが、そうでもなかった。相続人七人で均等に分配するとなると、三千万円ほどになる。

冬木は、「幸男さん」と小声で呼びかけた。

財産目録に視線を落としていた幸男は、少しびくっと体を動かすと、冬木のほうを向いて、うん、とうなずいた。どうやら気持ちは変わらないようだ。

「え、え、江田島さん」

幸男が体を左右に揺らした。「私は、相続を……放棄します」

幸男の言葉に、浩一郎の表情が、一瞬、固まった。

「そのかわり、ひとつ頼みごとがあります」

「……なんでしょう」

「上沼という市議会議員がいますよね」

「はい。彼は、私と同じ派閥で活動しています」

「その先は、僕から――」

話下手の幸男のかわりに、冬木が引き継いだ。希望の館が看取《みと》り施設への業態転換を目指していること。上沼の息子が反対運動をして邪魔をしていること。そして、その反対運動を抑えるために、朝井次郎が江田島孫六に会いに行き、イノシシに襲われたことを話した。

「そうだったんですか……」

浩一郎の目に陰りが映った。初めて、素の感情がにじんだようにも見えた。

「それで頼みごとというのは、上沼議員を通じて、彼の息子の反対運動をやめさせてほしいのです。もし、それができるなら、相続は放棄します」

浩一郎は、すぐには返事をしなかった。少しの間、宙を見つめていた。

「……わかりました。なんとかします。上沼の息子から念書を取ったら、それと交換で相続放棄の書類をいただくということでどうでしょうか」

「それでお願いします」

冬木は、江田島の邸宅を見たときに、次郎と光代が、幸男を次郎の子供として特別養子縁組しなかった理由がわかった気がした。養子縁組してしまえば、孫六の息子としての相続権を放棄することになる。将来、遺産を受け取れるようにと保険をかけたのだ。

しかし、当の幸男は、争いに巻き込まれたくないので、遺産はいらないといった。

冬木は幸男を説得した。政治家だからかなり資産があるはず。あとで後悔するかもしれないので、もらえるものはもらったほうがいいと。

それでも幸男は、相続なんてしたくないと頑《かたく》なだった。そこで冬木は、幸男にある提案をした。看取り施設への反対運動をしている上沼の息子を、江田島浩一郎の力でおとなしくさせることを相続放棄の条件にしてはどうかと。

次郎の遺志を受け継いで、看取り施設の開業に意欲を示す幸男は、その提案を承諾した。だが、自分は口下手でうまく話す自信がないというので、冬木が幸男に付き添って、今日、江田島家を訪れたのだった。

話が終わると、浩一郎が冬木と幸男を玄関先まで見送った。

「朝井さん」と浩一郎が呼びかける。その声音は、遺産を争う相手が一人減って、安堵《あんど》に満ちている。

「遺産相続は本当に疲れますね。みんな、少しでも多く財産を自分のものにしようとひどい諍《いさか》いが続いています。まあ、私もその一人なんですけどね」

「はあ」

「今日、あなたが来る前は、また一人戦う相手が増えると覚悟していたんです。でも、あなたは違った。相続人のなかで一番まともな、いや、神様のような人だった」

幸男は照れくさそうに、いえいえと首を横に振った。

「私の父は朝井次郎です。父の思いを受け継ぎたいだけで、あとはどうでもいいんです」

22

十二月下旬に入り、寒さが厳しさを増してきた。天気予報では大きな寒波も近づいているという。

午前十一時、ランチタイムまであと三十分だ。冬木が暖炉の掃除をしていると、エンジン音を響かせて、黒い小型のSUVが駐車場に入って来た。

「よう」

玄関のドアが開いて小松崎が現れた。

相変わらず泥のついた作業着姿だ。以前は、一介の労働者にしか見えなかったが、今は、不思議とどこか経営者然として見える。

今日の小松崎は、どういうわけか肩に油紙の大きな袋を抱えていた。

暖炉の前にいる冬木は、すぐに動けなかった。照葉とハナは外に出ていて不在だ。

急いで手袋を外そうとしていると、小松崎の前に人影が立った。

「ども」風雅だった。

「ご所望のやつ、持ってきたぜ」

小松崎の言葉に、風雅が微笑む。

風雅が押してきた台車に小松崎が袋を下ろすと、風雅はそれをバックヤードに運んでいった。

小松崎が暖炉のところへ近づいてきたので「いらっしゃいませ」とあいさつをする。

「さっきのあれは米ですよね？　どうしたんですか」

「どうしたって、商売に決まっているだろ。シェフの兄ちゃんが、うちの米を使ってみたいっていうから」

「もしかしてオーガニックの？」

「そうだ」

オーガニックと称される有機栽培は、手間がかかるが、味、匂いは、市販されている普通の米よりも格段に上である。興味を持った風雅が、米を試しに買ったとしても不思議ではない。

いい米だから、和食で使うつもりなのか、いや、そうとは限らない。冬木が勝手に想像しても、風雅はいい意味で予想を裏切ってくる。

「ランチまで少し待たれますか」

「仕事が立て込んでて、すぐに行かなくちゃいけねえんだ。残念だけど、今日は絶品ランチを味わう時間がない」

「では、せめてお茶くらいは飲んでいきませんか」

「じゃあ、そうさせてもらう」

小松崎が窓側のテーブル席に大きな体を下ろした。

冬木は茶の準備をして、テーブル席で小松崎の向かい側に座った。

「その後、遺産相続の手続きは順調ですか」

「まあな。きょうだい四人で進めている」

「四人？」

「幸男君も含めてだ」

「うまくいっているなら、よかったです」

「あんたには、してやられたな」小松崎が苦笑いを浮かべた。

「何のことでしょうか」

「とぼけなくていい。この前、ここで遺産の話をしたときのことだ。あんとき俺に『全部、相続する』といわせるつもりだったんだろ」

「そんなことないですよ。僕は、協議を進める進行役にしかすぎません」

ふふんと、小松崎が鼻を鳴らした。

「朝井家の人間と初めて会ったとき、俺は二つの要求をした」

「そうでしたね」

ひとつは、遺産を一人で受け継ぐというもの。もうひとつは、葬儀をやり直せというもの。どちらも無理難題といってもいい内容だった。

「実は、あれ、ふたつともその場の思いつきで、本気じゃなかったんだ。腹いせだよ、わかるだろ。あの姉弟《きょうだい》を見た瞬間、昔感じていた、普通の家族が羨《うらや》ましいって思いが、急に腹の底からわいてきてよ」

小松崎は茶を一口飲んで話を続けた。

「ああ、きっとこいつらは、俺より幸せだったんだろうな。だったら、ちょっとぐらい困らせてやれって。それで思わずあんなことを口走ってた。まあ……そのあとで、いい歳して何やってるんだって、自分にあきれてたんだけどな」

小松崎はそういうと、鼻にかすかにしわを作った。

「お訊《き》きしたいことがあるんですが、いいですか」

「なんだ」

「小松崎さん。パチスロやるんですか」

「やらない。ギャンブルは嫌いでな。でも、どうして急に、そんなことを訊くんだ？」

「カチ盛り、裏曜日って言葉を口になさっていたのが、前に聞こえたので。どちらもパチスロのスラングですよね？」

「ああ、あれな……。死んだお袋が、パチスロに人生を捧《ささ》げてたような人間でよ。ガキのころから聞かされるのは、その手の話ばっかりで。借金取りもよく家に来てたし。だから俺は、ギャンブルは大嫌いなんだけど、言葉だけはどうも身についちまってな」

そういうことだったのか。親の言葉をいつも聞いていれば、知らずにパチスロの用語を使ってしまうのも無理はない。

「野菜をカゴに詰めすぎると傷みやすくなる。それで従業員には詰めすぎるなっていつもいってるんだ。そういうときに、カチ盛りにするなって言葉がつい出ちまう。裏曜日はわかるだろ。会社を経営していると、給料日ってのは、当然、気になるわけよ」

「なるほど、そういうことだったんですね」

「それにしてもよ、俺も今だからいうけど、あんたから法要をやるって聞かされたときは、正直、驚いたし、面倒くさいことになったなと思ったぜ」

「話をしたときは、面白そうだとおっしゃってませんでしたか」

「ありゃ、ただの強がりだ。ゴムマスクを被《かぶ》って幸男君のふりをして喪主をやってくれといわれて、それなら、まあいいかと。でも、あの法要は……」

小松崎が遠くを見るような目をした。「悪くなかった」

「そうでしたか、ならよかったです」

「あんとき、ベン子がな……」

小松崎が急に口を閉ざした。

冬木はその思いを察した。会食のときに親せきたちに正体がバレた。親せきたちの驚きは怒りに変わり、加奈子は責め立てられた。そうしたなか、小松崎はまるで銅像のように硬くなっていた。隠し子という言葉を投げつけられると、幼いころから体が不思議と硬直するとあとで漏らしていた。

場を収束させたのは、「小松崎さんが長男です」という加奈子のひと言だった。

あのとき小松崎の胸には、深く刻まれるものがあったはずだ。

「だからよ、二度目の話し合いのときは、さっさと相続放棄を宣言して、おさらばしようと思ってたんだ。なのに、あんた、何を勘違いしたのか、自己破産したらどうだとかいいだして。あんときは、おかしくて、おかしくて、下向いて笑いをこらえるのが大変だったぜ」

「どうも、すみませんでした」

今思い出しても顔が熱くなってくる。

「途中、オバハン弁護士が現れて、財産が減って負債のほうが多くなったけど、どうでもいいと思ってた。相続放棄するつもりだったから、俺には関係ない話だってな」

——やはり、そうだったのか。

「ところがだ。ランチのときに出てきた、洋風のふろふき大根だっけ？」

「そんなに気に入っていただけましたか。実は僕が考えたメニューなんです」

「味はたしかによかった。だが、そこじゃない。あんた、相続と加賀野菜を絡ませた話をぶったよな。あれは、俺に聞かせるためだったんだろ」

思わず冬木の口元が緩んだ。

「加賀野菜は作り手に受け継がれて昔のまま今日に至ったって。あれはズシンときたぜ」

冬木が語っている間、どこか他人事《ひとごと》のような顔をしていた小松崎だったが、冬木の言葉はその心に響いていたようだ。

「とにかく、あんたの策略にはまっちまったわけだな」

小松崎が茶を飲み干して立ち上がった。

「そろそろ、行くわ。よう、シェフの兄ちゃん。今度、米の感想聞かせてくれよな」

「帰る前に、これ食べない？」

風雅がカウンターに白い皿を一枚置いた。揚げたてのいい匂いが漂ってくる。

揚げたてのレンコンエビカツだ。エビをそのままの姿でレンコン二枚の間に挟んだものである。今日の日替わりのメインだ。

「じゃ、遠慮なく」

小松崎が大ぶりのエビカツを手でつまんで豪快に口に入れる。しかし、次の瞬間、

「おぉ、あちい！」と目を白黒させた。

「犯人は挟んであるパルメザンチーズ」そういって風雅が微笑む。

冬木は、急いでグラスの水を用意して小松崎に渡した。

水を飲んで落ち着いた小松崎がふうっと息を吐いた。

「あー、でもうまかった。ごちそうさん」

冬木は外まで小松崎を見送った。

「今日の米、食べるのが楽しみです」

「本当は農薬を一切使わない、完全無農薬の米を作りたいんだが、なかなか大変でな」

完全無農薬の農業製品を採算ベースに乗せるのは難しい。虫に食われやすく、失敗すれば丸々出荷できないリスクもある。

「だけど、最近、少しだけ、育てるコツみたいなものがわかってきたんだ」

「そうなんですか」

「何をするってわけでもないんだ。毎日、見る。ただ、それだけだ。でも不思議なもんで、そうすると、害虫にやられることが少ないんだ。見てやれば、思いってのは稲にも伝わるようだ。きっと向き合うってことが大事なんだな。——じゃあな」

小松崎は車に乗り込むと、低音を響かせて、駐車場を出ていった。

今日のランチタイムも盛況だった。

昼前に店に戻ってきた照葉は給仕をしていたが、ピークが過ぎると、午後に習い事の初日があるとかで、和装に着替えて再び外出した。

ランチタイムの終わり際に、赤いフォルクスワーゲンが駐車場に入ってきた。

急いでレストランに入ってきた加奈子は肩で息をしている。

「まだランチ大丈夫かしら」と真剣な顔だ。

「大丈夫ですよ」

先月、この店を初めて訪れたときもこうだったと、冬木は思い出した。

「よかったあ。ホワイトソースピラフが無性に食べたくなって」

冬木は、思わず風雅と目を合わせた。

「どうしたんですか」

「実は、あのピラフ、今日でランチメニューから外れるんです」

「そうなんですか。じゃあ、来てよかったわ」

一度頼んだ人はリピートするが、なかなか人気は伸びず、ついに風雅から、今日でおしまいと宣告された。

「午前中、銀行に行って、三店舗とも閉鎖するって話してきました」

「じゃあ、次のお店、正式に決まったんですね」

「はい」加奈子がうなずいた。「本当に承諾してもらえるのか心配でしたが、冬木さんのいうとおり、大丈夫でした。マンションのほうも、予定どおり引き払います」

小松崎が相続すると宣言したあとで、冬木はひそかに加奈子にアドバイスをした。

――自宅マンションを売り払って、実家を小松崎さんから借りたらどうですか。そこでもう一度商売をやり直すこともできますし、なんといってもマンションの売却代金で銀行からの借入金を圧縮することもできます。

「あの人が、そんなこと認めてくれますか」と加奈子は不安そうにしていたが、「きっと、大丈夫です」と自信をもって伝えた。

冬木には、確信に近い気持ちがあった。小松崎は加奈子の要望にこたえてくれる。なぜなら加奈子のことは、嫌いではないからだ。

午前中、米袋を持ってここを訪れた小松崎は、実家を加奈子に貸すという話には触れなかった。冬木にそのことを告げるのは、照れ臭かったのかもしれない。

食事の途中、加奈子がスプーンですくったホワイトソースにじっと見入っていた。

「冬木さん。ひとつ、お願いが」

「なんでしょう」

「大根の煮物ってあります？　少しでいいので、このソースをかけて、食べてみたくなったんです」

「多分、あると思います。今、用意します」


ランチを食べ終えて、会計を済ませた加奈子がどこか改まった顔を冬木に向けた。

「冬木さん、いろいろとありがとうございました。……私、やっぱり疑問でした」

「何がですか」

「照葉さんの指示だってお話でしたけど、冬木さんはどうしてここまで、私の希望に沿うように力を尽くしてくれるのかなって」

「それは……」

「もしかしたら、冬木さんも私と似たような経験があるのかなって」

思わず加奈子から視線を外した。

加奈子のために引き受けたはずだった。だが、いつのまにか、加奈子のためというより、我がことのように、ただ、ただ必死に知恵を絞り、解決策を練っていた。

何の反応もしない冬木に、「あっ……へんなこといって、すみませんでした」と加奈子は頭を下げた。

「いいんです。それより、加奈子さん」

「なんですか」

「また、店にいらしてください。加奈子さんが食べたいとおっしゃれば、シェフに頼んで、特別にホワイトソースピラフを作らせますから」


夕方、冬木とハナはカウンター席で風雅の作る賄い飯が出てくるのを、今か今かと待っていた。

「今日はとってもお腹がすいたわ」

お稽古事《けいこごと》が終わって帰ってきた照葉も、ウェイトレス姿に着替えてカウンター席に着いた。

風雅がカウンターに丼《どんぶり》を並べた。醬油《しょうゆ》の香ばしい匂いが飯の湯気とともに漂ってくる。丼は、イタリアンパセリを混ぜた白飯の上に半熟卵という内容だ。シンプルな賄い飯のように見えるが、風雅のことだ、ひと手間かかっているのは間違いない。

「これ、小松崎さんのところの米か」

「醤油の匂いがするけど、色がついていないのは、どうして？」

「いしるを使ったから。あと、オリーブオイルも少し混ぜた」

合点がいった。いしるは奥能登で作られる独特の魚醤《ぎょしょう》だ。色こそ透明に近いが、魚介のだしをふんだんに使っているため、濃厚で深い味わいがするのが特徴である。そのいしるにオリーブオイルを含ませた。風雅オリジナルのイタリアン風卵かけご飯だ。

食べ始めると、箸《はし》を動かす手が止まらなくなった。さすがオーガニック米だけあって、風味は強く、自己主張している。それがいしるの濃い目の出汁《だし》と合わさって、絶妙のハーモニーを醸し出していた。

早くも丼をたいらげたハナは、おかわりしようとした。

「半熟卵はもうない」と風雅。

「ええー。じゃあ、ごはんと醤油だけでもいいから」

ハナから丼を受け取った風雅が、これでもか、とすごい量の飯を盛っている。

「そういえば、照葉さん。昼に、加奈子さんが来ましたよ」

「あら、そうだったの。会いたかったわ」

東山の実家で再出発するめどが立ったことを話した。

「加奈ちゃんにとって一番いい形になったわね。冬木さんのおかげよ。私からもお礼をいうわ。本当にありがとう」

「そう」

「仕事をしただけです」

「でもね、冬木さん。私、この店のオーナーだけど、初めて聞いたわ」

照葉はどこか意地悪な視線を冬木に送った。

「何のことですか」

「このレストランって、加賀野菜を使った料理を出すから、相続レストランなのね」

照葉がふふっと笑う。「相続とは何かって話も、かっこよかったわよ」

「えっ。聞いてたんですか」

「俺もしびれましたよ」ハナが丼をかきこみながら、うなずいている。

「そりゃ、あんなに大きな声だもの、部屋の外まで聞こえていたわよ。いつもはどこか愛想のないふりをしているけど、実はあんなにすらすら話せるのね」

「はあ」

「今度、お店の取材があったら、あのフレーズ、使わせてもらうわ」

「どうぞ、使ってください」

「冬木さん。前から、いいたかったことがあるんですけど」

ハナがニヤニヤしている。「いっていいですか」

「何だよ」

ハナが口の両端に手を添えた。

「よっ、争族解決屋！」

「頼む、それだけはやめてくれ」

「いいわね。それも使わせてもらうわ」

賄いの時間が終わった。これからディナータイムが始まる。照葉と冬木は、テーブルや椅子にずれがないか、フロアをみてまわった。

「今年もあと一週間ね」

手を止めた照葉が、窓の外に目を向ける。つられて冬木も外に視線を移した。

青黒い夜の景色のなかで、街灯が浅野川の水面を白く照らしていた。水面に映るいくつもの細長い光は、川の流れにその身をゆだねるかのようにゆらゆらと揺れていた。

早いもんだな——。冬木はここへ初めて来た日のことを思い出していた。

暑い夏の日のさなか、刑務所を出たばかりの冬木は、汗を滴らせながら、テリハへと続く坂道を登った。本意ではなかったが、ウェイターとして働くことになった。ウェイターなんて自分には向かない。その気持ちは今も同じだ。だが辞めようという気持ちは不思議とわかなかった。前科者は希望の仕事なんて簡単にはつけないからというのが理由ではない。このレストランの居心地がよかったからだ。

夫を突然亡くして打ちひしがれていた加奈子にとって、実家がそうであったように、このレストランが冬木の体内で吹いていた冷たい風をやわらげてくれた。

自分はついていた。テリハを仲介してくれた火石という加賀刑務所の刑務官に感謝しなくてはいけない。しかし、すべてがいいほうに向かっているわけではなかった。心の底に停滞して、ずっとうずいているものがある。

そう、俺には、まだ……。

小松崎の声が聞こえてきた。きっと向き合うってことが大事なんだな。

——向き合う、か。

外の景色から視線を外して、「照葉さん」と呼びかける。

「なあに」

「今度、息子をレストランに呼びたいんですけど、いいですか」

23

強い寒波が到来した。

しかし、天候がどれほど悪かろうが、テリハのランチタイムは混む。千円台後半から二千円台の価格帯は、決して安くはない。それでも、価格以上の本格的な料理だと客たちはわかっている。だから繁盛する。

客はボリュームではなく、料理の質に納得している。こういう料理こそ、真の意味で、いわゆる〝コスパ最高〟ではないか。冬木はそう思っている。

テーブルの客が、指先で窓をこすり、「うわあ」という声を出した。

こすったところから外の景色が見えた。ちらちらと降る雪ではなかった。ぼってりと落ちてくる、北陸特有の真冬の湿った雪だった。

——大丈夫だろうか。

冬木の視線が自然と一番奥のテーブル席に向いていた。そこには、リザーブのスタンドが置いてある。予約は正午。今は、その十分前だった。

絶え間なく降る雪を見ていると、胸のなかに心配が積み重なっていく。

義母の絹子は自家用車を持っている。七十を過ぎてからは、天気の悪い日はなるべく運転はしないといっていた。しかし、天候が悪いからこそ、運転することもあるのではないか。

金沢の市街地は道路事情がよくない。狭くて坂も多く、お世辞にも運転しやすいとはいえない。天候の悪い日は道が混むので、なおさらだ。

無事にたどり着けるだろうかと、不安な思いばかり募らせていると、また一人、客が店を訪れた。

ランチの常連の男性客だった。カウンターに案内する途中、「ここに来るとき、事故ってる車を見てさ。こういう日は、ホント、気をつけないとね」と話しかけてきた。

普段なら、「そうですか」と受け流して終わるところだ。しかし、今日だけは、客の言葉に平然とした気持ちではいられなかった。

事故——。思い出したくない記憶がパッと脳裏によみがえってきた。

もしもし、冬木数人さんですか――。

知らない誰かが冬木を呼んでいた。あのときは、電話で知らせが来たのだ。けたたましい電話の音が鳴り響いていた。その音が今も耳の奥から聞こえてくる。

我に返ると、本当に電話が鳴っていた。店の電話だった。

照葉が受話器を取り上げた。

「えっ」

照葉が眉《まゆ》を寄せる。その様子に、心臓がとくんと音を鳴らした。

「……大丈夫ですか？……はい、いいですよ……お大事になさってください」

思わず、照葉に近寄った。

「どうしたんですか」

「今日の夜の予約の方よ。風邪で体調を崩したみたいで、予約をキャンセルさせてほしいって」

全身から力が抜けていった。

照葉は、そんな冬木に笑いかけながら、「大丈夫よ」と穏やかな声でいった。

「照葉さん。ちょっと外の様子を見てきてもいいですか」

「いいわよ」

そうこたえた照葉の視線が、冬木の背後へと流れた。

予感がした。

玄関のベルが鳴り、冷たい空気が、一瞬、足もとを通り抜けていった。
振り返ると、ドアのところにコート姿の絹子が立っていた。肩には雪がついている。
絹子の後ろに、傘を手にした小さな人影が見えた。
白い息を吐いているが、顔までは見えない。青い長靴のつま先には、雪がのっている。
絹子が後ろを向いて「さあ、早くなかに」と声をかけている。
しかし、青い靴は、なかなか前に踏み出せないでいた。
彬――。
靴先を見つめながら、心の中で呼びかける。
だが、青い靴は動かない。
どうしたんだ？　ここまで来たのに。
ハッとした。
前に出なきゃいけないのは――。
前に出なきゃいけないのは、彬じゃない。
冬木は、玄関のほうに近づいていく。
緊張するかと思ったが、そんな思いはつゆほども感じなかった。
少しだけ腹に力を込めた。
「いらっしゃいませ。予約のお客様ですね、どうぞこちらへ」
カウンターの常連客たちが一斉に振り向いた。

理由は、わかっている。
普段、あまり愛想のないウェイターが、いつもとは違う声を出したからだ。
そして、その声に反応するように、青い長靴が一歩前に出たのだった。

本作は、書き下ろしです。
取材協力／カフェくわじま（金沢市東山）

相続《そうぞく》レストラン

城山真一《しろやましんいち》

令和2年 1月25日　初版発行
令和6年 4月15日　8版発行

発行者●山下直久

発行●株式会社KADOKAWA
〒102-8177　東京都千代田区富士見2-13-3
電話　0570-002-301（ナビダイヤル）

角川文庫 21989

印刷所●株式会社KADOKAWA
製本所●株式会社KADOKAWA

表紙画●和田三造

●お問い合わせ
https://www.kadokawa.co.jp/（「お問い合わせ」へお進みください）
※内容によっては、お答えできない場合があります。
※サポートは日本国内のみとさせていただきます。
※Japanese text only

ISBN 978-4-04-108417-5　C0193

◆◆◆

角川文庫発刊に際して

角川源義

第二次世界大戦の敗北は、軍事力の敗北であった以上に、私たちの若い文化力の敗退であった。私たちの文化が戦争に対して如何に無力であり、単なるあだ花に過ぎなかったかを、私たちは身を以て体験し痛感した。西洋近代文化の摂取にとって、明治以後八十年の歳月は決して短かすぎたとは言えない。にもかかわらず、近代文化の伝統を確立し、自由な批判と柔軟な良識に富む文化層として自らを形成することに私たちは失敗して来た。そしてこれは、各層への文化の普及滲透を任務とする出版人の責任でもあった。

一九四五年以来、私たちは再び振出しに戻り、第一歩から踏み出すことを余儀なくされた。これは大きな不幸ではあるが、反面、これまでの混沌・未熟・歪曲の中にあった我が国の文化に秩序と確たる基礎を齎らすためには絶好の機会でもある。角川書店は、このような祖国の文化的危機にあたり、微力をも顧みず再建の礎石たるべき抱負と決意とをもって出発したが、ここに創立以来の念願を果すべく角川文庫を発刊する。これまで刊行されたあらゆる全集叢書文庫類の長所と短所とを検討し、古今東西の不朽の典籍を、良心的編集のもとに、廉価に、そして書架にふさわしい美本として、多くのひとびとに提供しようとする。しかし私たちは徒らに百科全書的な知識のジレッタントを作ることを目的とせず、あくまで祖国の文化に秩序と再建への道を示し、この文庫を角川書店の栄ある事業として、今後永久に継続発展せしめ、学芸と教養との殿堂として大成せんことを期したい。多くの読書子の愛情ある忠言と支持とによって、この希望と抱負とを完遂せしめられんことを願う。

一九四九年五月三日

角川文庫ベストセラー

代償　伊岡瞬

不幸な境遇のため、遠縁の達也と暮らすことになった圭輔。新たな友人・寿人に安らぎを得たものの、魔の手は容赦なく圭輔を追いつめた。長じて弁護士となった圭輔に、収監された達也から弁護依頼が舞い込む。

ホテルジューシー　坂木司

天下無敵のしっかり女子、ヒロちゃんが沖縄の超アバウトなゲストハウスにて繰り広げる奮闘と出会いと笑いと涙と、ちょっぴりドキドキの日々。南風が運ぶ大共感の日常ミステリ!!

ビストロ三軒亭の謎めく晩餐　斎藤千輪

三軒茶屋にある小さなビストロ。名探偵ポアロ好きのシェフが来る人の望み通りの料理を作る。新米ギャルソンの神坂隆一は、謎めいた奇妙な女性客を担当することになり……美味しくて癒やされるグルメミステリ。

お電話かわりました名探偵です　佐藤青南

Z県警通信司令室には電話の情報から事件を解決に導く凄腕の指令課員がいる。千里眼を上回る洞察力ゆえにその人物は〈万里眼〉と呼ばれている――。通信指令室を舞台に繰り広げられる、新感覚警察ミステリ！

悪い夏　染井為人

生活保護受給者（ケース）を相手に、市役所でケースワーカーとして働く守。同僚が生活保護の打ち切りをネタに女性を脅迫していることに気づくが、他のケースやヤクザも同じくこの件に目をつけていて――。

角川文庫ベストセラー

黒猫王子の喫茶店
お客様は猫様です
高橋由太

砂の家
堂場瞬一

笑え、シャイロック
中山七里

あの夏、二人のルカ
誉田哲也

校閲ガール
宮木あや子

美しい西欧風の喫茶店。店長は不機嫌そうな美貌の青年。その正体は猫⁉　とんでもない店で働くことになった胡桃は、猫絡みの厄介事に巻き込まれていく。涙と笑いの猫町事件帖、始まります！

「お父さんが出所しました」大手企業で働く健人に、弁護士から突然の電話が。20年前、母と妹を刺し殺して逮捕された父。「殺人犯の子」として絶望的な日々を送ってきた健人の前に、現れた父は――。

入行三年目の結城が配属されたのは日陰部署の渉外部。しかも上司は伝説の不良債権回収屋・山賀。憂鬱な結城だったが、山賀と働くうち、彼の美学に触れ憧れを抱くように。そんな中、山賀が何者かに殺され――。

離婚し、東京・谷中に戻ってきた沢口遥。近所の『ルーカス・ギタークラフト』という店の店主と交流する中で高校時代のある出来事を思い出し……ギターの調べに乗って、少女たちの夏が踊り出す！

ファッション誌編集者を目指す河野悦子が配属されたのは校閲部。担当する原稿や周囲ではたびたび、ちょっとした事件が巻き起こり……読んでスッキリ、元気になる！　最強のワーキングガールズエンタメ。